LA FÉE c'est moi !

De la même auteure, dans même la collection :

Cœur de vampire

La dragonne de minuit

Scoops au lycée

Tu vas payer

De la même auteure, en Heure noire :

La nuit des magiciens

Duo pour une enquête

Le fantôme de Sarah Fisher

Murder party

Cœurs en fuite

AGNÈS LAROCHE
Illustrations de Marie Avril

LA FÉE c'est moi !

RAGEOT

Pour Léo.

Cet ouvrage a été imprimé sur un papier
issu de forêts gérées durablement,
de sources contrôlées.

Couverture : Sébastien Pelon.

ISBN : 978-2-7002-7285-7
ISSN : 1951-5758

Loi n° 49-956 du 16-07-1949 sur les publications
destinées à la jeunesse.

La honte de la famille

Impossible d'être tranquille dans cette maison !

Je terminais un origami ultradifficile (« Poussin à peine sorti de l'œuf ») quand Apolline, ma sœur aînée, a fait irruption dans ma chambre en claquant des talons.

J'ai caché discrètement mon pliage derrière mon pot à crayons et je me suis retournée.

– Dis donc, tu pourrais frapper avant d'entrer !

– Tu es vraiment la honte de la famille ! a-t-elle lâché, furieuse.

Elle tenait du bout des doigts mon bulletin trimestriel, l'air dégoûtée comme s'il sentait le camembert trop fait.

Ma mère avait dû le laisser traîner sur la commode de l'entrée, j'allais passer un sale quart d'heure.

Le nez froncé, Apolline a lu à voix haute l'appréciation de mon prof de culture féerique :

« Notre culture laisse Séraphine indifférente, c'est regrettable. »

Elle a poursuivi avec celle de ma prof de métamorphose :

« Séraphine n'a pas réussi une seule métamorphose ce trimestre. Ce qui est normal dans la mesure où elle ne fournit pas le moindre effort et ne s'intéresse pas au cours. »

Enfin, elle a conclu avec les remarques de Mme Ombeline, notre enseignante en enchantements :

« Séraphine, il faut que tu travailles davantage ! Je suis sûre que tu as du potentiel même si, pour le moment, les résultats ne sont pas au rendez-vous. »

Bien sûr, Apolline n'a pas dit un mot des commentaires des profs de français, maths, SVT et langues, matières dans lesquelles, sans me vanter, je m'en sors plutôt bien.

Les mains sur les hanches, elle a ajouté :

– Tu es fière de toi, je suppose.

J'ai haussé les épaules. Fière, le mot était un peu fort...

– Dans un établissement normal, ai-je rétorqué, je n'aurais aucun souci. Mais le cours privé Brocéliande, très peu pour moi. Désolée, apprendre la culture féerique, les métamorphoses, les enchantements, sans parler des plantes aux vertus magiques, ça ne m'intéresse pas !

Ce collège a pour seul avantage de se trouver dans un château blotti au fond d'un parc immense, en pleine nature, à deux arrêts de bus de chez nous. L'honorable bâtisse bénéficie d'un sort d'invisibilité permanent, ainsi que tous ses élèves et ses enseignants dès qu'ils passent sous le chêne millénaire situé juste devant la porte principale.

Les promeneurs sont loin de se douter que, sous leur nez, des filles dans mon genre s'épuisent à longueur de journée à parfaire les dons hérités de leurs ancêtres. Une vraie punition !

Exaspérée, ma sœur a rejeté en arrière ses superbes cheveux roux.

– Et maman, qu'est-ce qu'elle a dit ?

– Que j'étais une fleur lente à m'épanouir, que ça s'arrangerait sûrement avec le temps.

Elle a laissé échapper un soupir découragé.

– Ça ne m'étonne pas ! Elle te trouve toujours des excuses, comme papa !

– Lui, il a...

– Tais-toi, a-t-elle répliqué, je ne veux pas le savoir. Et Philippine, tu y as pensé ? Tu crois que tu lui donnes le bon exemple ?

Là, je n'ai pas pu m'empêcher de rire. Je n'avais aucune inquiétude pour Philippine, notre petite sœur. Excellente dans toutes les matières, elle marchait gaiement sur les traces de notre aînée et, contrairement à moi, elle se comportait déjà en fée digne de ce nom !

– Franchement, a conclu Apolline, faussement apitoyée, je me demande ce que tu vas devenir.

– Ça y est, tu as terminé ? ai-je soufflé, les yeux au ciel.

– Non, pas tout à fait.

Elle s'est approchée de mon bureau et elle a écarté mon pot à crayons.

J'ai voulu crier, la retenir.

Trop tard.

Le bras tendu en direction de mon « Poussin à peine sorti de l'œuf », l'index et le majeur formant un V, les autres doigts repliés, elle a prononcé :

– *Poussin ridicule évanouis-toi*
sur-le-champ !
Velours émeraude !

En moins d'une seconde, l'origami que j'avais mis une heure à réaliser a disparu, purement et simplement.

Je me suis levée d'un bond et j'ai hurlé :

– Sors de ma chambre, espèce de sorcière !

Elle s'est contentée d'un sourire ironique.

– Je parie que tu ne connais même pas la différence entre une sorcière et une fée…

J'ai ouvert la bouche, prise de court, et elle a répondu à ma place :

– Les sorcières n'existent pas, mais les fées, si, nous en sommes la preuve vivante. Allez, je te laisse, tu as sûrement des devoirs !

Nulle je resterais

J'ai refermé mon livre d'origamis, je n'avais pas le courage de recommencer mon « Poussin à peine sorti de l'œuf ».

Vivement qu'Apolline parte à la fac, que je sois débarrassée.

Elle voulait être parfaite et elle exigeait que tout le monde autour d'elle le soit aussi, à commencer par moi.

On était loin du compte !

Mais était-ce ma faute si je n'avais pas envie d'apparaître ou de disparaître ? De métamorphoser un chien en perroquet ? De connaître les épreuves endurées par mes ancêtres ? De jeter un sort d'amnésie ?

Si j'adorais passer des heures à essayer de faire les choses sans avoir recours à la magie, même pour réussir un origami niveau 4 ?

Si je n'avais pas le moindre désir d'être une fée ?

Et si, quels que soient mes efforts, la féerie se refusait à moi ?

Nulle j'étais, nulle je resterais, que cela plaise ou non à ma sœur.

J'ai soupiré en songeant aux nombreux mois qui me séparaient de son départ de la maison, et j'ai pris mon agenda.

Bien sûr que j'avais des devoirs.

1) Métamorphoses : En vous aidant de votre manuel, précisez quelles sont les étapes nécessaires à la transformation d'une souris en papillon.

Impossible ! Notre manuel est virtuel, on ne peut le faire apparaître que par enchantement, et j'en suis incapable. Et franchement, transformer une souris en papillon, à quoi bon ?

2) Sorts et enchantements : relire le cours sur « Poèmes enchantés, féerie et littérature ».

Là, j'étais capable de fournir un petit effort. La prof, Mme Ombeline, était super gentille. Et elle nous avait donné un vrai manuel en début d'année.

Je l'ai ouvert page 22.

« La poésie, de tout temps, s'est avérée le moyen de communication favori des fées. Lorsque nous réalisons un enchantement ou quand nous jetons un sort, nous l'exprimons en vers. Nous prononçons ensuite notre signature, composée par exemple d'un nom commun et d'un adjectif, choisie lors de notre neuvième anniversaire, jour de notre accession officielle au rang de fée.

Là encore, la poésie est à l'œuvre, nos signatures étant dans la majeure partie des cas de véritables bijoux de délicatesse. »

Le jour de mes neuf ans, quand ma mère m'avait demandé « Alors ma chérie, dis-nous, quelle sera ta signature ? », j'avais complètement paniqué. Comme je n'y avais pas du tout songé, j'avais sorti le premier truc qui m'était passé par la tête : le nom de l'origami sur lequel je peinais depuis plus de quinze jours, « Panda rêveur sous la pluie ».

Un silence étonné avait suivi.

Puis Apolline avait bondi :

– Elle est nulle ta signature ! En plus, tu ne respectes pas les consignes, tu n'as pas choisi un nom commun et un adjectif !

Maman avait calmé le jeu.

– « Panda rêveur sous la pluie », c'est mignon, non ?

Ma sœur avait ricané :

– Mignon ? Tu parles ! Notre signature doit être gracieuse, merveilleuse, féerique… Un panda, n'importe quoi !

Si bien qu'à chaque fois que je tentais – en vain la plupart du temps – un enchantement, je provoquais des rires moqueurs ou une moue apitoyée.

J'allais poursuivre ma lecture quand mon père a crié d'une voix joyeuse :

– À table !

J'ai refermé le livre et j'ai inspiré à fond.

Depuis que Philippine avait accédé officiellement au rang de fée, trois mois plus tôt, les repas étaient mouvementés.

Bœuf aux carottes, sauce paprika-bergamote

Dans le couloir, j'ai failli marcher sur... une tortue.

Je me suis agenouillée devant elle.

– C'est toi, Mélusine ?

Elle ne m'a pas répondu, évidemment.

Je me suis relevée et j'ai crié :

– Philippine, rends tout de suite à la chatte sa forme normale !

– T'as qu'à le faire toi-même ! a-t-elle répliqué à l'autre bout de l'appartement.

J'ai regardé la pauvre bête qui rampait lourdement sur le carrelage.

– Désolée, Mélu, lui ai-je murmuré.

J'adore ma petite sœur, mais ces derniers temps, elle métamorphose à tout-va, ça devient fatigant !

Je suis entrée dans la salle à manger en traînant les pieds avant de m'asseoir entre mon père et Apolline.

Ma mère m'a souri, elle a tendu le bras vers le centre de la table, index et majeur en V, et elle a lancé :

– *Bœuf aux carottes,*
sauce paprika-bergamote !
Pétales diaphanes !

Aussitôt, une marmite fumante est apparue devant nous.

Maman allait en soulever le couvercle quand Philippine s'est écriée :

– J'aime pas les carottes, changement de programme !

Elle a ordonné :

– *Pas de carottes, mais steaks hachés,*
frites et ketchup !
Pluie merveilleuse !

La marmite s'est évanouie au profit du plat qu'elle venait de commander.

– Oh non ! s'est indignée Apolline, pas des frites, c'est trop...

– Ça suffit ! a tonné papa. C'est tous les soirs le même cinéma, j'en ai assez. Maintenant, taisez-vous et mangez !

Bien vu, moi aussi j'en avais jusque-là !

D'autant que ce serait de nouveau la bagarre dans quelques minutes pour le choix du fromage, puis du dessert...

Excédé, mon père a ajouté à l'intention de mes sœurs :

– Si vous continuez, c'est moi qui préparerai les repas. Et pas question de changer le menu, sinon, je vous préviens, vous serez de corvée de ménage toutes les deux pendant un mois, avec interdiction de recourir à la magie !

Elles ont échangé un regard atterré à l'idée de subir sa cuisine, qui consiste uniquement en pâtes trop cuites, riz gluant ou purée grumeleuse.

La menace porterait sûrement ses fruits.

Le silence n'a pas duré longtemps.

– Au fait, les Lanestier arrivent vers quelle heure ? a demandé ma grande sœur.

– 21 heures, on partagera le dessert avec eux, a précisé ma mère.

J'ai levé le nez de mon assiette.

– Quoi ? On a de la visite ?

Apolline a secoué la tête, l'air exaspérée.

– Oui, on en a discuté ce matin. Atterris de temps en temps !

J'étais trop consternée pour me défendre, mais maman s'en est chargée.

– Laisse donc Séraphine tranquille !

Puis elle s'est tournée vers moi :

– Coraline Lanestier est charmante, tu verras. Elle est conseillère d'orientation pour les jeunes filles de notre communauté. Elle a de nombreuses relations, elle peut aider Apolline à intégrer une université prestigieuse, en France ou à l'étranger. Bref, elle a entendu parler des résultats exceptionnels de ta sœur et elle souhaite faire sa connaissance. Quant à son mari et son neveu, ils sont sûrement délicieux eux aussi, le contraire serait étonnant.

Moi qui rêvais d'une soirée cool dans ma chambre, passée à bouquiner en écoutant de la musique ou à tenter un origami niveau 5, « Grenouille sautant de nénuphar en nénuphar », c'était fichu.

Lorsqu'une famille de fées rencontre une autre famille de fées pour la première fois, c'est toute une histoire.

Les invités arrivent, s'installent, et leurs hôtes, enfants compris, doivent leur offrir en signe d'hospitalité la manifestation féerique de leur choix.

Mortel !

On n'était pas près d'attaquer le dessert.

Sans compter que la seule manifestation féerique dont j'étais capable, et encore je ne la réussissais pas à chaque fois, c'était d'ouvrir ou de fermer les rideaux du salon à distance.

Aucun intérêt.

La honte assurée.

Voyage immobile

Après le fromage, un brie coulant à souhait dont mes sœurs se sont sagement contentées, maman a déclaré gaiement :

– Nos invités vont arriver, il est temps de nous changer ! Tu t'en occupes, Apolline ?

Elle a acquiescé avant de fermer les yeux et de se pincer la base du nez, en quête d'inspiration.

Une minute plus tard, bras tendus vers nous, elle a prononcé solennellement :

– *Élégante simplicité pour les Gabestan !*
Velours émeraude !

Apolline a beaucoup de défauts, mais une chose est sûre, elle a du goût.

Ma mère a hérité d'un joli tailleur crème qui cachait à la perfection ses rondeurs, mon père d'un costume noir qui soulignait sa minceur, Philippine d'un ensemble jupe-chemisier bleu clair qui lui donnait l'allure d'un ange, et moi d'un jean délavé trop classe et du pull rouge de mes rêves, pile la couleur qui mettait en valeur mes longs cheveux noirs.

Quant à ma sœur aînée, elle avait choisi une robe courte, mordorée, sur des collants opaques. Face au miroir, elle a noué un foulard scintillant dans sa chevelure avant de s'adresser un sourire appréciateur.

Elle était superbe !

On était prêts à accueillir les Lanestier, une corvée dont j'espérais qu'elle ne s'éterniserait pas.

Ils sont arrivés peu après.

Mme Lanestier, grande, brune, souriante, son mari, large d'épaules, chauve, un regard bienveillant, et leur neveu Théobald, un beau blond aux yeux gris, l'air très sûr de lui, qu'ils hébergeaient le temps d'un stage.

Après les politesses d'usage, nous nous sommes installés au salon.

J'ai soupiré, la fête pouvait commencer.

Philippine a ouvert le bal.

Plantée au milieu de la pièce, elle a désigné la tortue qui avait eu la mauvaise idée de nous rejoindre. Index et majeur en V, elle s'est exclamée :

– *Mélusine, désormais deux fois tu bêleras !*
Pluie merveilleuse !

Deux chevreaux noirs et blancs sont apparus devant elle, et j'ai eu un pincement au cœur en songeant à ma pauvre chatte qui, dans la même soirée, avait eu droit à une carapace, puis à deux paires de cornes !

Les applaudissements ont crépité et Philippine, ravie, s'est inclinée devant son public.

– Quelle enfant adorable, et déjà si douée, s'est réjouie Coraline Lanestier, avant de tourner le visage vers moi.

Total stress, j'allais me couvrir de ridicule, par deux fois !

La première, quand je prononcerais ma signature, la deuxième quand mon enchantement débile ne fonctionnerait pas.

Pieds joints sur le tapis, les chevreaux à mes côtés, j'ai inspiré à fond.

– *Que ces rideaux s'effacent*
au profit de la nuit!
Panda rêveur sous la pluie!

Bien sûr, les rideaux n'ont pas frémi.

Apolline a soupiré, Philippine a étouffé un rire moqueur et ma mère est venue à la rescousse.

Elle a posé ses deux mains sur mes épaules et m'a embrassé le haut du crâne.

– Comme je le dis toujours, Séraphine est une fleur lente à s'épanouir, mais je ne doute pas que ses talents se révéleront d'ici peu.

J'ai baissé la tête, rouge de honte, avec l'envie de hurler que non, mes talents ne se révéleraient pas, que je n'étais pas une fleur, ni une fée, mais une fille normale et que j'en avais super marre de tout ce cirque.

Mme Lanestier a souri.

– L'essentiel, c'est d'essayer, n'est-ce pas? a-t-elle commenté sans en penser un mot.

Heureusement, l'attention s'est reportée sur Apolline qui, j'en étais sûre, allait réaliser un exploit.

Théâtrale, elle a dévisagé chacun d'entre nous, puis elle a tendu les deux bras à la fois pour donner plus de force à la magie.

– *Voyage immobile,*
passons la nuit en Orient!
Velours émeraude!

Une clameur stupéfaite a retenti.

Seul Théobald, aussi pâle que s'il avait le mal de mer, est resté muet.

Notre salon classique avait cédé la place à un décor oriental, digne des plus beaux contes arabes.

Par terre, des tapis bariolés sur lesquels étaient disposés des coussins en cuir brun ainsi qu'une vaste table basse recouverte de pâtisseries, d'une théière fumante et de coupelles d'épices. Des voilages colorés ornaient les murs blancs, le plafond voûté était incrusté de mosaïques, les lampes diffusaient une lumière douce...

Dehors, les étoiles et la lune éclairaient une palmeraie où se reposait une caravane de chameaux.

Apolline, d'un geste gracieux, nous a invités à nous asseoir.

Mme Lanestier, en extase, les mains jointes, a balbutié :

– C'est... c'est tout simplement inouï ! Je n'en crois pas mes yeux ! Tu as des capacités exceptionnelles... Seules les plus expérimentées d'entre nous réussissent de tels voyages immobiles !

Son neveu semblait littéralement subjugué par Apolline qui, de son côté, lui souriait toutes les dix secondes.

J'ai attrapé un loukoum tandis que Philippine en enfournait deux d'un coup.

Les dons de notre sœur ont parfois du bon !

Hors de ma vue

Sur une proposition de Mme Lanestier, les hommes sont sortis admirer la palmeraie. Les fées aiment rester entre elles quand il s'agit de discuter de... féerie.

Après leur départ, elle a immédiatement évoqué les études d'Apolline, les prestigieuses universités et les cours supérieurs d'enchantement réservés à l'élite.

Pendant ce temps, Philippine jouait avec les chevreaux et je m'enivrais de thé à la menthe.

Ennui abyssal.

Au bout de deux heures, ma grande sœur a enfin daigné nous ramener chez nous.

Je n'ai pas salué les invités, je n'ai dit bonsoir à personne et j'ai filé dans ma chambre.

Je ne me suis pas endormie tout de suite.

J'étais horriblement vexée de m'être ridiculisée devant les invités, blessée que personne ne m'ait prêté la moindre attention pendant la soirée, triste de ne pas me sentir à ma place dans ma propre famille.

Heureusement, Mélusine, à qui on avait rendu sa forme féline, est venue se blottir en ronronnant contre moi et le sommeil m'a emportée.

Je me suis réveillée un peu barbouillée, overdose de loukoums oblige, et je me suis traînée jusqu'à la cuisine.

Grâce à Philippine, une corbeille de croissants frais est apparue sur la table, mais je me suis contentée d'un verre de jus d'orange.

J'étais sur le point de me lever quand Apolline a donné un coup de coude à ma mère en me désignant du menton.

– Ah oui, c'est vrai, a dit maman. Séraphine, hier soir madame Lanestier nous a fait une suggestion à ton sujet.

– Une suggestion ?

– Oui… Vois-tu, elle a constaté que tu avais peut-être besoin d'aide pour progresser, approfondir tes connaissances, développer tes talents…

– Et ?

– L'une de ses amies pourrait te dispenser des cours de soutien, tous les jours de 18 heures à 20 heures, y compris le week-end, pour une somme très abordable.

J'ai secoué la tête et mes cheveux emmêlés. J'avais mal entendu ou quoi ?

Apolline a renchéri.

– Elle a évoqué une autre solution. Il existe une pension qui…

Là, notre père l'a coupée, l'air contrarié.

– Non, la pension, je suis contre, définitivement.

– Oui chéri, tu as raison, a approuvé notre mère. Je crois que nous pourrions nous contenter de ces cours à domicile. Qu'est-ce que tu en penses, Séraphine ?

– Vous êtes en train de me dire qu'en plus du collège je travaillerai deux heures par jour, même le week-end, sans compter les devoirs, c'est ça ? ai-je demandé.

Maman a acquiescé, papa a esquissé une moue mi-figue mi-raisin. Il n'a rien contre la féerie, bien sûr, mais à petites doses.

– Rien n'est décidé, a-t-il précisé, ça nécessite réflexion.

Philippine n'a pu s'empêcher de mettre son grain de sel.

– La pension, c'est mieux, comme ça je récupérerais ta chambre, elle est plus grande que la mienne.

La colère m'a envahie d'un coup.

– Et quand est-ce que j'aurai le temps de me reposer ? De lire ? De dessiner ? D'écouter de la musique ? De faire des origamis ? D'aller au cinéma, à la piscine, aux entraînements de hand ? De voir mes amis ?

Avant qu'ils puissent répondre, j'ai ajouté, furieuse :

– Et quand est-ce que vous comprendrez que je n'ai pas la moindre envie de me comporter en fée ?

En deux enjambées, j'ai gagné la porte en criant :

– Et quand est-ce que vous m'accepterez enfin comme je suis ?

Je me suis engouffrée dans le couloir, Mélusine sur les talons, et là…

Je ne sais pas ce qui m'a pris, je n'étais plus moi-même.

Je me suis retournée, j'ai tendu le bras vers la cuisine, formé un large V avec mon index et mon majeur, et j'ai vociféré :

– *Hors de ma vue,*
disparaissez tous illico !
Panda rêveur sous la pluie !

Une journée magique

Je suis restée quelques secondes le bras suspendu, puis je l'ai laissé retomber. Dans mon cas, prononcer un enchantement ne servait à rien, sinon à évacuer la colère.

J'ai fait demi-tour direction la salle de bains, mais avant d'y entrer j'ai jeté un coup d'œil à Mélusine.

Elle était plantée au milieu du couloir, le dos rond, le poil hérissé, la queue en l'air.

– Mélu ?

Elle n'a pas daigné tourner la tête.

À cet instant, j'ai réalisé que le silence qui régnait n'avait rien de naturel.

Le silence, dans la famille Gabestan, n'existe pas !

Se pouvait-il que… ?

Je me suis précipitée vers la cuisine, dont j'ai ouvert la porte à la volée.

Personne.

Les yeux écarquillés, incrédule, j'ai regardé tour à tour le bol de café fumant de mon père, la tasse de thé de ma mère, les verres de jus de fruit intacts et les chaises vides.

– C'est dingue, complètement dingue, ai-je murmuré.

J'avais réussi mon enchantement.

Mes parents, mes sœurs, pfuit, envolés !

Je me suis assise, sous le choc.

J'ai grignoté machinalement les grosses miettes de croissant éparpillées sur la table et, peu à peu, j'ai retrouvé mes esprits.

Pas de panique.

Si j'étais parvenue à les faire disparaître, je saurais sans doute les faire réapparaître.

Mais rien ne pressait, pas vrai ?

D'ici là, autant en profiter !

Louper les cours du vendredi, « Féerie et Moyen Âge » ou « Sortilèges médicinaux », par exemple, plus mortels l'un que l'autre…

Une journée seule à la maison, sans parents, sans sœurs, sans féerie, le rêve absolu.

Seule… sauf si j'invitais Annabelle et Mathilde, mes copines du hand, des filles normales qui n'ont jamais vu la moindre baguette magique de leur vie.

Hum, non, impossible, le vendredi elles ont cours.

Tant pis.

À Mélu qui m'avait rejointe et se frottait contre mes jambes, j'ai déclaré :

– Eh, bonne nouvelle, aujourd'hui personne ne te métamorphosera ! On sera toutes les deux, rien que toi et moi.

J'ai décroché le téléphone, composé le numéro de la vie scolaire du collège et, en imitant la voix douce de ma mère, j'ai prévenu que malheureusement Séraphine Gabestan souffrait d'une indigestion et n'assisterait pas aux cours.

Après, je me suis fait couler un bain brûlant, dans lequel j'ai jeté de pleines poignées de sels aromatiques du plus beau jaune « Banane des lointains tropiques » que j'avais fabriqués moi-même lors des dernières vacances, un voyage immobile à l'autre bout du monde.

Disposer de la salle de bains aussi longtemps que je voulais, sans personne pour me déloger, un luxe inouï auquel je n'avais jamais goûté !

Assise sur le rebord de la baignoire, j'ai concocté le programme de la journée.

1) Tenter un origami niveau 6, « Panda dégustant des feuilles de bambou », avec la musique à fond les ballons.
2) Regarder un DVD allongée sur le canapé du salon, Mélusine couchée sur mon ventre.
3) Pause déjeuner. Je me contenterais des restes de croissants, chez nous les placards sont toujours vides, la nourriture apparaît... comme par enchantement.
4) Fouiller la chambre d'Apolline pour retrouver ma montre. Elle prétend que je n'en ai pas besoin, que je dois apprendre à lire mon horloge interne féerique, exacte à la seconde près. Elle prétend aussi qu'elle n'a pas caché ma Swatch. Tu parles !
5) Un deuxième DVD, peut-être ?
6) Euh, je ne sais pas, j'improviserai !

Apparais devant moi !

J'ai exécuté mon programme à la lettre, pourtant je dois reconnaître que sur le coup de 18 heures, à ma grande surprise, j'ai commencé à trouver le temps long.

Je regardais ma montre (dénichée sous le matelas d'Apolline…) sans arrêt.

Incroyable mais vrai : j'avais hâte de retrouver ma famille et le joyeux vacarme qui règne en permanence chez nous.

Le front collé à la vitre de la salle à manger, j'ai grimacé.

Ils devaient m'en vouloir à mort de les avoir expédiés je ne sais où…

Pour me faire pardonner, j'ai rangé la maison pièce par pièce puis, un peu inquiète, dans le couloir, bras tendu vers la cuisine, j'ai lancé solennellement :

– *Chère famille Gabestan,*
apparais devant moi !
Panda rêveur sous la pluie !

J'ai retenu ma respiration, pas très rassurée à l'idée d'essuyer leur colère.

Mélusine a miaulé, les secondes se sont égrenées, personne n'a surgi.

Je n'avais pas dû assez me concentrer.

J'ai recommencé, sourcils froncés, focalisée sur les mots que je formulais et mon désir de voir revenir mes parents et mes sœurs.

Rien. Échec total.

Ce matin, mon enchantement avait fonctionné du premier coup, comme si j'avais pratiqué toute ma vie, pourquoi est-ce que je n'y arrivais plus ?

J'avais dû oublier une étape, un détail...

Peut-être ne suffisait-il pas de tendre les doigts en V en prononçant le sort et la signature.

Je me suis précipitée dans ma chambre, à la recherche de mon manuel d'enchantements. Je l'ai feuilleté fébrilement, mais parvenue à la rubrique « Disparitions, réapparitions », j'ai lu : « Méthode : se reporter au manuel de l'année précédente. »

Que j'avais jeté juste avant les grandes vacances, bien sûr !

Je me suis laissée tomber sur mon lit, j'avais du mal à respirer soudain.

Vite, une solution.

Et si j'appelais une fille de ma classe ? Elsa ? Nelly ? Ou Yasmine ? Non, elles étaient nulles en féerie elles aussi.

S'il y avait une astuce que le manuel ne mentionnait pas, elles n'en sauraient rien.

Mélusine s'est allongée à mes côtés, les pattes en l'air pour que je lui caresse le ventre.

Mélusine…

C'est ma prof d'enchantements, Mme Ombeline, qui me l'avait donnée, deux ans plus tôt. J'étais allée chercher le chaton chez elle un samedi matin. Elle l'avait déposé dans un joli panier et…

Mme Ombeline !

Je la tenais, ma solution.

Désenchantement

J'ai saisi mes clés au vol et sans prendre de manteau malgré la fraîcheur de novembre, je me suis ruée dehors.

Vingt minutes plus tard, essoufflée, je sonnais au 22 rue de la Grange-aux-Oies.

En ouvrant, Mme Ombeline s'est exclamée :

– Séraphine... Tu n'aurais pas dû te déplacer, tu rattraperas tes cours demain ! Comment te sens-tu ?

– Oh, heu... Bien, merci. En fait, je... je ne viens pas pour ça. J'ai un souci, je voudrais vous en parler.

Elle a levé les sourcils, surprise, et s'est effacée pour me laisser passer.

– Entre, on va s'installer dans le salon, les petites dorment, on sera tranquilles.

Ses filles, des jumelles de dix-huit mois, elle les évoquait souvent en classe. Déjà très douées, elles étaient capables, d'un simple froncement de nez, de remplir leurs biberons à volonté ! Qu'est-ce que ce serait lorsqu'elles auraient neuf ans !

Je l'ai suivie, les narines titillées par une délicieuse odeur.

– Ça sent bon, ai-je remarqué.

– J'ai mis un cake au four, pas terrible pour la ligne, mais succulent !

Mme Ombeline est contre l'usage intensif de la féerie, elle réalise plein de choses elle-même et, contrairement aux autres profs, nous encourage dans ce sens.

Si seulement elle pouvait convaincre ma mère et mes sœurs de l'imiter !

Nous sommes entrées dans son salon, un joyeux mélange d'antiquités féeriques et de modernité. La porte-fenêtre était encadrée par deux gros chaudrons dans lesquels poussaient mandragores et aubépines, les seules plantes aux vertus magiques que je suis capable de reconnaître.

Elle s'est assise sur un canapé en cuir bleu clair et m'a invitée à la rejoindre.

– Alors Séraphine, qu'est-ce qu'il t'arrive ?

– Euh… J'ai réussi un enchantement de disparition.

– C'est formidable ! s'est-elle réjouie. J'ai toujours cru en toi, je suis persuadée que tu as tout pour devenir une excellente fée.

– Sauf que… c'est ma famille qui a disparu, mes parents et mes sœurs. J'étais énervée et… voilà !

Elle a écarquillé les yeux.

– Ils ne t'en veulent pas trop ?

– À vrai dire, je n'en sais rien… Je… je ne suis pas parvenue à les faire réapparaître.

– Ah, c'est plus ennuyeux. Quand as-tu prononcé ton enchantement ?

– Ce matin, à 7 h 30. Après je suis restée à la maison, j'avais envie d'être un peu seule pour une fois.

Elle a laissé échapper un léger sifflement.

– Donc, ton histoire d'indigestion, c'était…

– C'était pipeau, ai-je avoué.

– Et si je comprends bien, tes parents n'ont pas pu aller travailler, tes sœurs ont loupé l'école… La prochaine fois il faudra réfléchir avant d'agir, Séraphine.

J'ai baissé la tête. Pas question qu'il y ait une prochaine fois, la féerie et moi, c'était mort !

Elle m'a tapoté le genou.

– Ne t'inquiète pas, on va régler ce problème. Comment as-tu procédé ?

Je lui ai expliqué et elle a ri doucement.

– Pour susciter une réapparition, c'est très simple, tu ne dois pas réaliser un enchantement, mais un désenchantement.

Très simple, en effet… J'ai bredouillé :

– Et… et comment fait-on ?

Elle a brandi son index.

– Quand cette histoire sera terminée, promets-moi de réviser tes cours de l'an passé ! Bon, je te montre.

Elle s'est levée face à moi, les bras le long du corps, les yeux fermés.

– Concentration maximum, comme toujours. Tu vides ton esprit de tes essais infructueux et tu le laisses s'emplir de ton souhait. Ensuite, tu prononces ton enchantement d'apparition à l'envers. Ah, j'allais oublier ! Tu gagneras en efficacité si tu procèdes douze heures après la disparition, dans vingt-deux minutes exactement.

Ça me semblait jouable. Elle m'a dévisagée en esquissant une légère grimace.

– Pour être honnête, a-t-elle poursuivi, tu auras peut-être besoin de faire plusieurs tentatives, les débutants n'y parviennent pas toujours du premier coup.

Je me suis levée à mon tour. En me dépêchant, j'arriverais à la maison juste à temps pour réaliser mon désenchantement dans les meilleures conditions.

Elle a jeté un coup d'œil par la fenêtre avant de murmurer :

– Écoute, la nuit tombe, je ne serai pas tranquille si tu rentres seule. Je préfère que tu opères ici, comme ça je vérifierai que tout se passe bien et...

Elle s'est interrompue, nez froncé :

– Zut ! Je ne peux pas rester avec toi, j'emmène les filles chez madame Cristalus, notre médecin, qui doit les vacciner... Attends, j'ai une idée !

Elle s'est tournée vers la porte et elle a crié :

– Oscar !

Un véritable expert

J'ai entendu un pas traînant, un long soupir, puis :

– Quoi encore ?

Un garçon de mon âge ou à peu près est entré dans la pièce et s'est planté devant nous, les mains dans les poches.

Vêtu d'un sweat XXL avec capuche rabattue sur le crâne, cheveux devant les yeux, vieilles baskets, jean râpé, il n'a pas daigné m'accorder un regard.

Mme Ombeline a fait les présentations.

– Séraphine, Oscar…

Aucun de nous deux n'a bronché et elle a poursuivi :

– Mon grand, je dois filer avec les filles, j'ai rendez-vous chez le docteur. Pendant mon absence, je voudrais que tu aides mon élève à réussir un désenchantement. Bref, nous avons besoin de toi !

Moi, besoin de ce garçon ?

Impossible !

Chez les fées, les hommes sont dépourvus de pouvoir magique.

Les fils, dès la naissance, ont droit à un enchantement perpétuel grâce auquel ils gardent à jamais le secret sur les dons des femmes de leur famille.

Et les hommes, lorsqu'ils tombent amoureux d'une fée, subissent le même traitement.

Point final.

En matière de féerie, à ma connaissance, ils n'ont pas leur mot à dire.

Mme Ombeline a dû remarquer ma surprise.

– Oscar, vois-tu, bénéficie d'une excellente mémoire et d'une grande curiosité. Il passe beaucoup de temps à m'observer, il a lu tout ce qui nous concerne, c'est un véritable expert ! Il pourra s'assurer que le sortilège se déroule selon tes vœux, n'est-ce pas mon chéri ? a-t-elle conclu d'un air ravi.

Le chéri s'est contenté de grogner une phrase inintelligible.

Qu'une fée soit nulle au point de devoir se faire assister par un garçon, c'était le truc le plus humiliant que je pouvais imaginer !

Tout en enfilant leur manteau aux jumelles, ma prof a rapidement expliqué la situation à son fils qui m'a jeté un coup d'œil hostile, facile à décrypter :

« Quel boulet celle-là ! »

Puis elle s'est dirigée vers la porte en nous lançant :

– Je n'en ai pas pour longtemps, et je suis sûre qu'à mon retour la famille Gabestan sera de nouveau réunie.

Oscar a haussé les épaules, j'ai toussoté pour me donner une contenance, et nous nous sommes retrouvés face à face, la fée pas très douée et l'expert contrarié.

! eiulp al suos ruevêr adnaP

Sur le ton de celui qui n'a pas que ça à faire, Oscar a grommelé :

– Bon, on s'y met ?

J'ai regardé ma montre, pile 19 h 30. Impeccable.

J'ai hoché la tête et j'ai inspiré à fond, prête à appliquer la méthode de Mme Ombeline.

Concentration maximum.

J'ai fermé mon esprit aux précédents échecs, je l'ai ouvert à mon désir de plus en plus fort de revoir mes parents ainsi que mes sœurs et, vibrante, j'ai lancé :

– *Pluie la sous rêveur panda !*
Illico tous…

Oscar a fait de grands gestes avec les bras.

– Stop ! Ma mère t'a bien précisé que tu devais prononcer ta formule à l'envers, non ?

– Ben oui, c'est ce que je…

Il m'a interrompue, l'air atterré.

– À l'envers, ça veut dire comme si tu lisais dans un miroir. C'est quoi ton enchantement ?

– *Hors de ma vue,*
disparaissez tous illico !
Panda rêveur sous la pluie !

Il a écarquillé les yeux.

– Ta signature, elle est carrément… Bref, à l'envers, ça donne :

« ! ocilli suot zessiarapsid, euv am ed sroH ! eiulp al suos ruevêr adnaP »

– Attends, je note.

Me laissant à peine le temps de sortir un stylo et un papier froissé de ma poche, il a répété la formule en articulant comme si j'étais débile.

J'ai pensé très fort à ma famille, même à Apolline, et j'ai lancé :

– *! ocilli suot zessiarapsid,*
euv am ed sroH
! eiulp al suos ruevêr adnaP

Toujours personne.

Surtout ne pas me décourager, j'allais réussir, il le fallait.

De plus en plus fébrile, j'ai recommencé cinq fois.

En vain.

Au début, Oscar ne m'a prêté aucune attention. Assis par terre, dos au mur, les genoux relevés sous le menton, il avait l'air de s'ennuyer à mourir. Puis, à partir de mon troisième essai, il m'a dévisagée, perplexe.

Je m'apprêtais à effectuer une sixième tentative lorsqu'il a lâché :

– Franchement, ce n'est pas la peine de t'obstiner.

– Si, bien sûr ! Je veux qu'ils rentrent ! me suis-je exclamée.

Il a secoué la tête.

– Non, le souci c'est...

Il s'est tu, a mordillé l'intérieur de ses joues, pensif, avant de poursuivre :

– ... c'est que tu te débrouilles très bien. Crois-moi, j'ai vu ma mère faire ce genre de trucs des centaines de fois, tu gères parfaitement !

– Alors il est où le problème ?

L'air embêté, il a retiré ses mains de ses poches, fait craquer ses doigts, puis :

– Si ça ne marche pas, c'est que… tu n'es pas responsable de leur disparition. Ce n'est pas toi qui as prononcé l'enchantement, ce matin.

Copier-coller

Comment ça, pas moi ?

Mais si, bien sûr !

Qui d'autre aurait pu souhaiter la disparition des Gabestan, et pourquoi ?

Non, c'était ridicule !

D'ailleurs, c'est ce que j'ai dit à Oscar.

– N'importe quoi, c'est ridicule ! Je continue jusqu'à ce que ça marche.

– OK, fais-toi plaisir… a-t-il soupiré.

J'ai haussé les épaules, noué mes cheveux qui me gênaient en une espèce de chignon et, les pieds à plat, légèrement écartés, toute mon énergie concentrée dans mes cordes vocales et dans mon bras tendu vers la cuisine, index et majeur en V, j'ai crié :

– *! ocilli suot zessiarapsid,*
euv am ed sroH
! eiulp al suos ruevêr adnaP

J'ai essayé, encore et encore, jusqu'à ce que ma voix se brise sous l'effet de l'émotion et du découragement.

Là, épuisée, je me suis laissée glisser le long du mur à côté d'Oscar.

– Tu me crois maintenant ? a-t-il soufflé.

Je ne l'ai pas regardé. J'avais les larmes aux yeux et je ne voulais pas qu'il s'en aperçoive.

– Je ne sais pas... Je suis tellement nulle en féerie... C'est peut-être moi qui...

– Non, je te jure, tu n'y es pour rien, m'a-t-il interrompue. Tu ne peux pas annuler une disparition dont tu n'es pas responsable, c'est tout.

J'ai hoché la tête, je commençais à craindre qu'il ait raison.

Et à m'inquiéter.

Où était ma famille ?

Qui l'avait fait disparaître ?

Dans quel but ?

Quand est-ce que je la reverrais ?

Et si elle était en danger ?

J'ai frissonné, je me suis relevée et j'ai murmuré :

– Oscar, tu ne peux plus rien pour moi, je rentre.

– T'es sérieuse, là ? Non, pas question que tu te morfondes seule chez toi, tu restes avec nous. Ma mère pourra sûrement t'aider.

Il était plus sympa qu'il en avait l'air, finalement.

Je n'ai pas lutté, j'étais trop fatiguée et je n'avais pas envie de passer la soirée seule dans notre appartement désert.

Oui, mais… et Mélusine ?

– Je vais quand même aller chercher ma chatte, ai-je repris, sinon qui la nourrira ?

Il a fait la grimace.

– Impossible, Lucinda est allergique aux poils de chat, on a été obligés de donner le nôtre aux voisins. Attends, j'ai une idée… Tu n'as qu'à la métamorphoser à distance et la faire apparaître chez nous !

J'ai levé les yeux au ciel. Un double sort, et puis quoi encore ?

– Les métamorphoses, je n'y arrive pas, ai-je marmonné. Et les apparitions non plus.

– Bien sûr que si ! Au cas où tu l'aurais oublié, je te signale que tu es une fée, il suffit de vouloir et de te concentrer, ce n'est pas compliqué ! Allez, je t'aide.

J'ai soupiré et il a enchaîné, persuasif :

– Pense très fort à Mélusine, suis son contour du regard, de la tête à la queue, dans le moindre détail.

– OK, c'est bon.

– Maintenant, imagine l'animal que tu désires obtenir, visualise-le, sa forme, sa couleur, son odeur, sa façon de se déplacer... Après, projette sur ta chatte l'image mentale que tu viens de créer. Fais un copier-coller, si tu préfères.

– Et ?

– Prononce ta formule et ta signature, c'est tout. Basique !

J'ai respecté le mode d'emploi à la lettre, puis je me suis concentrée de nouveau avant de lancer :

– *Ma Mélu s'il te plaît,*
rejoins-moi vite ici,
Panda rêveur sous la pluie !

J'ai soufflé lentement et j'ai ouvert les yeux.

J'ai parcouru la pièce du regard, pas de Mélusine.

Raté.

– Je te l'avais bien dit, ai-je murmuré.

Oscar me dévisageait, un sourire encourageant sur les lèvres.

– Tu veux recommencer ? m'a-t-il proposé.

J'ai secoué la tête.

– Non, je suis trop fatiguée, et j'ai eu ma dose de magie pour la journée. Mélusine mangera demain.

Confidences

Mme Ombeline est rentrée peu après avec une jumelle dans chaque bras.

L'air soucieuse, elle a écouté Oscar lui exposer la situation.

– C'est très étrange… a-t-elle murmuré.

Puis, s'adressant à moi :

– Tu es certaine que tes parents ou ta sœur aînée ne te jouent pas un mauvais tour ?

J'ai secoué la tête.

– J'y ai pensé, mais non, ce n'est pas leur style de me laisser m'inquiéter comme ça.

Elle a acquiescé avant de demander à Oscar :

– Tiens, prends Léocadie et Lucinda, je vais préparer une chambre pour Séraphine. Elle dormira à la maison.

Il a ouvert les bras en levant les yeux au ciel. Les filles, à moitié endormies, se sont blotties contre lui et j'ai suivi sa mère.

Au pied de l'escalier, elle a tendu la main vers le premier étage :

– *Confort et douceur*
pour accueillir notre amie !
Dentelles éphémères !

Ensuite elle m'a dévisagée, pensive.

– Repose-toi un moment, ta chambre est la première à gauche sur le palier, j'espère qu'elle te plaira. De mon côté, il faut que j'adresse un message mental aux fées de ma connaissance, elles ont peut-être entendu parler de quelque chose. Je vais m'isoler dans mon bureau, cela demande une concentration maximum.

Elle s'est tournée vers Oscar.

– Occupe-toi des filles, mon chéri.

Il a émis un grognement en guise de réponse et j'ai gravi les marches, le moral bien en dessous du niveau de la mer.

Il est remonté d'un cran quand j'ai ouvert la porte de ma chambre.

Moquette coquille d'œuf épaisse et moelleuse.

Un lit double, recouvert d'une couette sous laquelle il ferait bon nicher et de deux oreillers joufflus, le tout dans un dégradé de vert, ma couleur préférée.

Un secrétaire doté d'une multitude de tiroirs, mon rêve, sur lequel était posé un manuel d'origamis et des feuilles de papier.

Un miroir en pied, une orchidée, des affiches de cinéma sur le mur, des BD sur une étagère et, sur une chaise, des vêtements de rechange, jean, tee-shirt, sweat, à ma taille.

J'ai souri. Je serais bien, ici, en attendant le retour de mes parents et de mes sœurs.

Je me suis assise par terre, me demandant pour la énième fois où ils avaient pu disparaître, quand on a frappé à ma porte.

– Oui ?

Oscar est entré et s'est écroulé à côté de moi.

– Ouf, j'ai réussi à me débarrasser des deux monstres.

Il a fait glisser sa capuche, laissant apparaître des cheveux châtains, bouclés et emmêlés, avant de constater :

– Je ne suis bon qu'à ça. Surveiller les bébés et rappeler à ma mère des enchantements qu'elle a oubliés... Tu n'imagines pas la chance que tu as d'être une fille, enfin, une fée ! Tu peux faire tout ce que tu veux !

– Hein ? Tu plaisantes ? Tu crois que j'ai envie de passer mon temps à prononcer des formules magiques ? À transformer tout et n'importe quoi ? Je trouve ça nul. Et en général, je n'y arrive pas !

Il a haussé les épaules.

– En plus, depuis que les jumelles sont là, a-t-il ajouté, ma mère ne s'occupe que d'elles, normal, elle va leur transmettre plein de choses, alors que moi... Je suis condamné à connaître la théorie sans jamais pratiquer !

– Et moi à pratiquer sans connaître la théorie, et à me planter à chaque fois, ce n'est pas mieux, ai-je soupiré.

Sur un ton plus optimiste, il a précisé :

– Bon, je garde espoir. Ma mère assure que, dans certains cas, les fils de fée peuvent acquérir des dons magiques même si la grande majorité d'entre eux y renonce.

– Ah bon ? Jamais entendu parler de ça ! Et... comment ça se passe ?

Encore une info qu'on avait dû nous donner en cours et que je n'avais pas retenue...

– Aucune idée, elle refuse de m'en dire plus, elle prétend que le moment venu je m'en rendrai compte, a-t-il ajouté. J'ai interrogé pas mal de gens sur le sujet, mes cousins par exemple, mais ils sont restés muets. Le secret est bien gardé.

Il s'est raclé la gorge avant de conclure :

– Excuse-moi pour l'accueil, tout à l'heure... D'habitude les élèves de ma mère sont de vraies pestes qui me prennent de haut parce que je ne suis qu'un garçon et qu'elles sont fées. J'ai cru que tu serais comme elles, je me suis trompé, désolé.

Je lui ai souri, décidément je le trouvais de plus en plus cool.

Et plutôt mignon.

Mauvais pressentiment

À table, devant un sublime cake aux salicornes et une salade de fleurs, Mme Ombeline a fait le point.

– Séraphine, j'ai contacté toutes mes connaissances et, malheureusement, personne n'a de nouvelles de tes proches. Rassure-toi, il y a sûrement une explication rationnelle à leur absence.

Oscar a remarqué :

– L'inconvénient avec vous, les fées, c'est que vous ne pouvez pas appeler la police. Imaginez un peu : « Bonjour monsieur, on prenait le petit-déjeuner ce matin, dans la cuisine, et pfuit, tout d'un coup ma famille a disparu devant mes yeux ! »

Sa mère a froncé les sourcils, contrariée.

– La prochaine fois que tu n'auras rien d'intéressant à dire, tais-toi ! a-t-elle lâché. La situation est assez délicate comme ça pour Séraphine, inutile d'en rajouter !

Il s'est renfrogné et j'ai demandé, désemparée :

– Et... et maintenant ?

Elle m'a souri.

– Je dois rester à la maison pour m'occuper des jumelles mais, dès demain matin, nous irons à ton domicile et nous chercherons un indice en rapport avec cette disparition. Nous trouverons quelque chose, forcément. Même les fées ne s'évanouissent pas dans la nature sans laisser de traces ! D'ailleurs, peut-être que tes parents sont revenus !

Elle m'a tendu son portable et j'ai composé le numéro de la maison.

La sonnerie a retenti dans le vide à huit reprises, le répondeur s'est enclenché et j'ai secoué la tête tristement.

Elle s'est tournée vers Oscar.

– Mon chéri, pendant que j'accompagnerai Séraphine, tu garderas Léocadie et Lucinda, d'accord ?

Il s'est redressé.

– Quoi ? Sûrement pas ! J'en ai jusque-là de jouer les baby-sitters, et puis arrête de m'appeler mon chéri, j'ai passé l'âge !

Les joues rougies par un début de colère, elle a répliqué :

– Ton père est en déplacement jusqu'à la fin de la semaine prochaine, il est hors de question d'abandonner Séraphine à son sort, et les jumelles ne peuvent pas rester seules ! Tu as mieux à me proposer ?

– Eh bien oui ! a-t-il rétorqué. Tu t'occupes des bébés et j'accompagne Séraphine !

Il m'a regardée pour obtenir mon soutien et j'ai balbutié :

– Oui, heu... À nous deux on...

Mme Ombeline a penché la tête.

– Pourquoi pas après tout... Si vous découvrez quoi que ce soit, vous me téléphonez immédiatement, entendu ? Sinon, dès que vous avez terminé, vous rentrez ici et on avisera.

On a acquiescé et, à cet instant précis, les jumelles qui jouaient par terre à deux pas de nous ont poussé un cri perçant suivi d'un éclat de rire ravi.

Mme Ombeline s'est exclamée :

– Qu'est-ce que vous fabriquez... Oh, non !

Les filles avaient de la compagnie. Devant elles, dressé sur ses pattes arrière, un rat les contemplait, moustaches frémissantes.

Un rat...

Interdite, je me suis levée brusquement, avant de m'accroupir devant l'animal et de chuchoter :

– Mélusine ?

Le rat s'est empressé de grimper sur mes deux mains tendues.

Ma prof me dévisageait, stupéfaite.

– Heu... désolée, c'est... c'est ma chatte, ai-je balbutié. Enfin, ma rate. Je l'ai métamorphosée, je pensais obtenir un cochon d'Inde... et je croyais que mon sort d'apparition n'avait pas marché... Sauf que si !

Elle a écarquillé les yeux.

– Félicitations, un double sort ! Tu vois quand tu veux...

Puis elle a toussoté avant de poursuivre :

– Cela dit, je préférerais que tu la glisses dans ta poche, je ne suis pas fan de ces petites bêtes-là.

Je me suis exécutée, heureuse d'avoir ma Mélu près de moi.

– Dis-moi Séraphine, a repris Mme Ombeline, tes parents n'ont pas eu de soucis, dernièrement, dont ils t'auraient fait part ?

– Non… Au travail, rien de spécial, maman dirige une association qui aide les gens à chercher un emploi, et papa est journaliste free-lance, il écrit des articles sur la culture, les livres, le cinéma… Et à la maison, rien à signaler, mes sœurs sont un peu pénibles, mais bon…

Oscar a ri, et sa mère a continué :

– Tu ne leur connais pas d'ennemis ?

– Non, vraiment pas, ils s'entendent bien avec tout le monde.

Ma prof a croisé les bras, perplexe.

– C'est étrange. Notre communauté est particulièrement pacifique et ignorée de ceux qui n'en font pas partie, nous y veillons. Alors qui aurait pu s'en prendre à ta famille ? Écoute, Séraphine, nous allons nous efforcer de les retrouver au plus vite, tranquillise-toi, je suis persuadée que rien de grave ne leur est arrivé.

Elle a posé sa main sur la mienne, et j'ai esquissé un pâle sourire.

Je n'étais pas si rassurée que ça.

J'avais beau avoir l'habitude des apparitions en tout genre, des disparitions subites et des transformations à gogo, j'avais un mauvais pressentiment.

Mme Ombeline a sans doute senti mon malaise. Elle a tendu le bras devant elle et s'est exclamée :

– *Plaisirs sucrés,*
vous saurez nous réconforter,
Dentelles éphémères !

Et devant chacun d'entre nous a surgi une assiette de fine porcelaine sur laquelle était posée une poire cuite arrosée de chocolat chaud.

De quoi oublier mes soucis, ne serait-ce que durant quelques délicieuses minutes.

Une piste

Le lendemain matin, après un solide petit-déjeuner fait maison, Oscar et moi nous sommes mis en route, lui au guidon de son vélo, moi sur le porte-bagages.

J'habite dans un quartier discret, excentré, où plusieurs familles telles que les nôtres ont élu domicile, à l'abri des curieux.

Une fois arrivé, il a attaché sa bicyclette devant mon immeuble, une ancienne fabrique de jouets reconvertie en logements pleins de coins et recoins, puis m'a suivie jusqu'à notre appartement, au rez-de-chaussée. Au moment où j'introduisais la clé dans la serrure, nos voisins, les Estrella, sont apparus brusquement sur le palier, bronzés et souriants.

Mme Estrella s'est dirigée vers la boîte aux lettres et j'ai demandé à son mari :

– Bonjour, vous n'auriez pas vu mes parents par hasard, ou mes sœurs ?

Il a ri :

– Oh non, nous rentrons à l'instant d'un voyage immobile en Floride, grâce au talent de ma femme.

J'ai hoché la tête poliment, j'ai ouvert la porte et, à peine entrée, il m'a semblé percevoir un son.

Mon cœur a bondi. Peut-être que ma famille était revenue sans mon aide, comme par... enchantement ?

– Papa, maman ? ai-je crié en parcourant chaque pièce à grandes enjambées.

Pas de réponse.

Non, je m'étais trompée, il n'y avait personne à la maison. Le bruit provenait de la lucarne de la salle de bains qui battait au vent.

Les lieux étaient privés de vie, inhospitaliers.

J'aurais donné n'importe quoi pour qu'Apolline déboule, impériale, en critiquant mon dernier bulletin.

Pour que Philippine nous force à manger pour la centième fois ses plats préférés.

Pour que maman modifie la déco deux fois par jour malgré les protestations de papa.

– Il n'y a pas beaucoup de meubles, chez toi, a constaté Oscar, surpris.

– Pfff, c'est comme ça aujourd'hui, ça sera autrement dans un mois, je n'y fais plus attention. Heureusement que mon père est là pour modérer l'ardeur de ma mère et de mes sœurs, sinon elles passeraient leur temps à tout chambouler. Épuisant !

On a débuté notre quête par les chambres.

J'en ai profité pour lui montrer mes origamis, mais il n'a pas eu l'air d'accrocher.

– Mouais... a été son seul commentaire.

En revanche, il a ouvert de grands yeux devant la collection de baguettes magiques de Philippine, de véritables antiquités, et son flacon de poudre de fée, authentique d'après ma grand-mère.

Il est tombé en arrêt devant l'étagère de grimoires anciens d'Apolline, des pièces uniques qui dataient du Moyen Âge. On y trouvait des recettes de potions, des listes de plantes aux vertus miraculeuses et le récit des luttes féroces et secrètes qui avaient jadis opposé les fées au commun des mortels, calligraphiés avec soin.

– Où se les est-elle procurés ? a-t-il demandé, rêveur, en feuilletant avec précaution le plus volumineux d'entre eux.

– Ils sont dans notre famille depuis des siècles, et c'est toujours la fée la plus douée qui en hérite. Inutile de te préciser qu'ils ne risquent pas d'atterrir dans ma bibliothèque !

De retour au salon, j'ai décrété :

– Bon, on fouille le reste de l'appartement. On inspecte les placards, les tiroirs, l'ordi de mes parents et on met de côté ce qui nous semble intéressant. Un courrier, un objet inhabituel... Allez, c'est parti !

C'est ce qu'on a fait, Mélusine, moustaches vibrantes, sur les talons.

Mais au bout d'une demi-heure, on a déclaré forfait.

Nous n'avions pas trouvé le moindre début d'indice.

Tout était horriblement normal.

Je me suis assise par terre et j'ai laissé échapper un soupir, entre angoisse et découragement.

– On n'a rien noté d'inquiétant, c'est déjà positif, non ? a avancé Oscar, en s'allongeant sur le canapé.

Oui, c'était une façon d'envisager les choses.

– OK, a-t-il poursuivi, on n'a pas de traces matérielles, mais il y a peut-être eu un incident étrange ces jours-ci, auquel tu n'as pas prêté attention. Essaie de te rappeler…

J'ai froncé les sourcils, je me suis concentrée, franchement je ne voyais pas.

– Tu n'as qu'à prononcer un sort d'ultra-mémoire ! s'est-il exclamé. Ça ravivera tes souvenirs de la semaine qui vient de s'écouler.

– Ah non, pitié, ai-je grommelé, pas besoin de ça pour me remémorer ce qui nous est arrivé, je ne suis pas amnésique.

J'ai passé en revue les derniers jours avant de murmurer :

– Le seul événement inhabituel, c'est la visite de monsieur et madame Lanestier. Ils ont dîné chez nous avant-hier avec leur neveu, Théobald.

Pleine d'espoir, j'ai ajouté :

– Si ça se trouve, ils ont des informations, ils pourront nous aider.

– Tu sais comment les joindre ?

– Ma mère a peut-être noté leurs coordonnées sur son ordi.

Cinq minutes plus tard, j'imprimais un mail de Coraline Lanestier.

Madame,

Conseillère d'orientation pour les jeunes filles de notre communauté sur le point de s'engager dans des études supérieures, je souhaiterais rencontrer Apolline, dont il m'a été dit le plus grand bien.

Je dispose d'un important réseau de relations grâce auquel elle pourrait envisager un accueil favorable de la part d'établissements prestigieux.

Je reste à votre disposition pour plus d'informations et pour organiser un rendez-vous à votre convenance.

Coraline Lanestier

Pas de téléphone mais l'adresse, 8 allée de Cornouailles, figurait sous la signature.

Ma mère lui avait aussitôt communiqué son numéro de portable pour qu'elle l'appelle.

– On file allée de Cornouailles ! ai-je déclaré en glissant la rate dans ma poche.

– Voyage immobile ? a suggéré Oscar en clignant de l'œil.

– Très drôle ! ai-je riposté.

Cela nous aurait pourtant évité de traverser la ville en vélo sous le vent frais de novembre.

Vite, ouvre-nous sans délai

On a posé pied à terre devant la maison des Lanestier, une jolie villa blanche à étage, entourée d'un jardin soigné.

– Au moins, on est sûrs qu'il y a quelqu'un, a remarqué Oscar.

– Comment tu le sais ?

– J'aperçois une silhouette, regarde, deuxième fenêtre à gauche, au premier.

Oui, il avait raison.

J'ai appuyé sur la sonnette et on a attendu.

Dix secondes, puis quinze, puis vingt.

En vain.

– Bizarre, non ? ai-je murmuré.

– Essaie un sort d'influence ! m'a-t-il proposé.

– Quoi ? Oublie, je n'ai pas le niveau !

– Bien sûr que si ! a-t-il rétorqué. Tu sais parfaitement que c'est juste une histoire de volonté, et je peux t'aider. Tu es une fée, oui ou non ?

J'ai marmonné un vague oui, et j'ai préparé mon sort d'influence. Au bout d'une minute, j'ai murmuré :

– OK, je suis prête.

Il a plongé son regard dans le mien. À cet instant, j'ai remarqué que ses yeux étaient verts, pailletés d'or. Très jolie couleur.

– Super. Franchis mentalement la porte de cette maison, imagine son occupant. Lui seul doit exister dans ta tête, chasse le reste. C'est bon ?

J'ai acquiescé, sourcils froncés à force de concentration.

– Maintenant, attire-le à nous, irrésistiblement !

J'ai inspiré à fond, tendu mes doigts en V devant moi, et j'ai lancé :

– *Toi qui vis ici, vite,*
ouvre-nous la porte !
Panda rêveur sous la pluie !

On a aussitôt entendu des pas dévaler l'escalier. J'ai levé mon pouce en l'air, victoire !

Sauf que… au lieu de la porte, c'est la fenêtre, devant nous, qui s'est ouverte.

Je n'étais pas encore tout à fait au point !

La tête de Théobald est apparue dans l'encadrement.

– Qu'est-ce que vous voulez ? a-t-il demandé, aussi beau que l'avant-veille, mais peu engageant.

– Oh, salut, tu te souviens de moi ? Je suis Séraphine, la sœur d'Apolline, il se peut qu'elle ait un petit souci.

À la mention d'Apolline, il s'est dépêché de nous faire entrer.

On l'a suivi dans le salon.

– Pourquoi tu n'es pas venu quand on a sonné ? l'ai-je interrogé.

Il a haussé les épaules en me regardant un peu de haut.

– J'étais en train de jouer en réseau sur mon ordi, je n'avais pas envie d'être dérangé.

– Ton oncle et ta tante ne sont pas là ?

– Non, ils sont absents pour le week-end. Qu'est-ce que tu disais ? Apolline a des soucis ? a-t-il demandé en rougissant légèrement.

Je lui ai expliqué la situation et, à ma grande surprise, son visage s'est illuminé.

– Ah, j'aime mieux ça ! s'est-il exclamé.

– Quoi ?

– Oui, j'essaie de la joindre sur son portable depuis hier, sans succès, et je… enfin j'avais peur que… Mais si tu me dis qu'elle a disparu, c'est normal qu'elle ne réponde pas à mes SMS, non ?

J'ai eu un mouvement de recul, stupéfaite.

– C'est tout ce que ça t'inspire ?

Il m'a dévisagée, soudain atterré, et s'est écrié :

– Disparu ? Apolline a disparu ?

Menteur qui vis sous ce toit…

– Pas seulement Apolline. Mes parents et Philippine aussi, l'ai-je corrigé. L'autre soir, vous avez parlé de quoi avec ma sœur ?

Il a secoué la tête.

– De nos études, de nos goûts, de nos amis… Mais elle n'a évoqué aucun départ inopiné, j'en suis certain. On avait décidé d'aller au cinéma ce week-end.

– Ton oncle et ta tante sont peut-être au courant de quelque chose ? a suggéré Oscar.

– Franchement, ça m'étonnerait, a-t-il affirmé, sceptique.

– Ils sont où ? ai-je insisté.

– Mon oncle est parti pour un week-end de pêche avec des collègues et ma tante termine un projet au labo, elle ne rentre que demain soir.

– Au labo ? ai-je répété sans comprendre.
– Oui, Coraline est chercheuse pour un laboratoire pharmaceutique, elle y reste jour et nuit quand elle a un gros dossier en cours.
– Quoi ? Chercheuse ? Qu'est-ce que tu racontes ? Elle est conseillère d'orientation ! Vous êtes venus à la maison pour rencontrer Apolline, la guider dans ses choix...
Il a ri, incrédule.
– Première nouvelle ! Non, là, tu nages en plein délire !
J'ai sorti le mail de Coraline Lanestier de ma poche.
– Tiens, c'est du délire ça, peut-être ?
Il a parcouru le message.
– Il y a forcément une erreur... a-t-il murmuré, moins sûr de lui tout d'un coup. Coraline nous a dit avoir croisé ta mère chez une amie, qu'elles avaient sympathisé, que vous nous aviez invités chez vous. L'orientation, ce n'est pas du tout son domaine.
– L'autre soir, elle s'est bien gardée de parler des projets d'Apolline devant ton oncle et toi, me suis-je souvenue. Elle a

attendu que vous soyez descendus dans la palmeraie pour les évoquer et elle a changé de sujet lorsque vous êtes revenus…

– Appelons-la, elle nous expliquera, a proposé Oscar.

– Impossible, elle est injoignable, a rétorqué Théobald, les portables ne passent pas au labo, c'est ultra-sécurisé.

– Très bien, alors on va là-bas, ai-je décrété.

– Pas question de la déranger en plein boulot, a-t-il protesté. Écoute, c'est un malentendu, elle…

– Quoi ? Tu rigoles ? Elle vient à la maison sous un faux prétexte, et le lendemain toute ma famille s'évapore. Tu crois vraiment qu'il s'agit d'une coïncidence ?

Il a secoué la tête.

– Attends, tu ne peux pas accuser les gens de mensonge juste parce que…

Là, je ne sais pas ce qui m'a pris.

Trop de pression, peut-être.

J'ai tendu mon bras en avant et j'ai crié :

– *Menteur qui vis sous ce toit,*
montre ton visage,
Panda rêveur sous la pluie.

Aussitôt, Coraline Lanestier s'est présentée devant nous sous forme d'hologramme, avant de s'évanouir une dizaine de secondes plus tard.

J'avais réussi !

Mon cœur a palpité de joie, peut-être étais-je en train de devenir une fée géniale, moi aussi... Et je devais bien avouer que ce n'était pas si désagréable que ça !

Théobald, stupéfait, s'est enfoui les mains dans les cheveux.

– OK, tu... tu avais raison.

Puis il a ajouté d'un ton décidé :

– J'ai du mal à croire que ma tante soit mêlée à la disparition de ta famille, mais autant vérifier par nous-mêmes. Je vous emmène au labo, c'est sur la zone industrielle de la Douline.

– Vous ne préférez pas un voyage immobile ? ai-je suggéré, pleine d'une assurance nouvelle.

Oscar a acquiescé, enthousiaste, mais Théobald a décliné ma proposition.

– Non, franchement, je n'y tiens pas, ça me donne la nausée.

– Si tu comptes revoir Apolline, tu devras t'y habituer, elle adore ça ! ai-je répliqué, moqueuse.

En même temps, j'étais soulagée. Le voyage immobile, franchement, j'étais encore loin d'avoir le niveau.

En guise de réponse, Théobald a fait tinter les clés de sa voiture et il s'est avancé vers la porte en marmonnant :

– C'est dingue... Pourquoi est-ce que ma tante vous a raconté un truc pareil ? Conseillère d'orientation, n'importe quoi !

On l'a suivi mais avant de franchir le seuil, je me suis arrêtée net.

– Oscar, il faut prévenir ta mère.

– Ça ne va pas, non ? s'est-il exclamé, horrifié. Elle voudra t'accompagner et je devrai rentrer m'occuper des deux naines ! Je lui téléphonerai plus tard, quand on en saura davantage.

Oscar a glissé son vélo pliant dans le coffre et nous sommes montés dans une vieille Deux-Chevaux.

Après quelques centaines de mètres, notre chauffeur m'a demandé, d'un ton un peu gêné :

– Au fait, avant de disparaître, Apolline ne t'aurait pas parlé de moi par hasard ?

– Non, désolée.

Il a esquissé une moue déçue et Oscar, assis derrière, lui a tapoté l'épaule :

– Tu es fils de fée comme moi ?

– Ben oui, pourquoi ?

– Il paraît... il paraît que nous aussi on peut acquérir certains pouvoirs, t'es au courant ?

Théobald l'a regardé dans le rétroviseur, une lueur amusée dans les yeux.

– Oui, mais perso, ça ne m'a jamais intéressé. Tout ce que je peux te dire, c'est que tu auras la possibilité d'accepter ou de refuser le don quand il se présentera.

– Pff, toujours la même histoire, a ronchonné Oscar, déçu.

Dix minutes plus tard, aux abords de la zone industrielle, Théobald a désigné un grand bâtiment blanc à l'allure futuriste.

– On est arrivés, a-t-il déclaré.

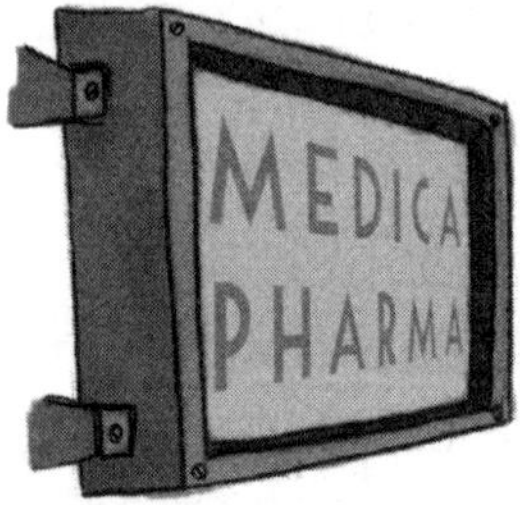

Ne me résistez pas !

– Classe, a soufflé Oscar admiratif, un vrai vaisseau spatial.

J'ai regardé autour de nous.

– Il n'y a aucun véhicule sur le parking, tu es sûr que ta tante est là ?

– Oui, elle utilise la magie pour se déplacer, a indiqué Théobald, c'est plus rapide. Bien sûr, pour son patron elle prend le bus.

– Et lui, il est là ?

– Aucune idée. Il est peut-être chez lui, c'est l'heure du déjeuner.

– C'est vrai qu'il est déjà midi ! s'est écrié Oscar. Justement j'ai un petit creux… Dis, Séraphine, tu ne nous ferais pas apparaître un bon hamburger ?

Pourquoi pas ?

Paupières closes, j'ai déclamé :
– *Double cheese, frites et Coca,*
Oscar régale-toi,
Panda rêveur sous la pluie !

Deux secondes après, il tenait entre les mains une barquette dans laquelle baignaient des haricots verts filandreux et un filet de poisson jaunâtre.

– Euh, là je crois que ça ne va pas être possible, a-t-il constaté.

– Je passe mon tour, a sobrement lâché Théobald.

J'ai haussé les épaules, un peu vexée.

On ne peut pas réussir à tous les coups !

On est descendus de voiture, Oscar s'est débarrassé de son encombrant menu dans une poubelle et on s'est approchés de l'entrée, masquée par un rideau de fer.

Sur le mur, à droite, un interphone sur lequel Théobald a appuyé.

Personne ne nous a répondu.

– Ça ne m'étonne pas, a-t-il murmuré, ma tante n'attend personne, elle n'ouvrira pas. Et il n'y a pas d'autre issue, désolé.

Oscar s'est tourné vers moi.

– Séraphine va nous arranger ça !

J'ai esquissé une moue sceptique, ma belle confiance s'était envolée.

– Débloquer une serrure est à la portée de n'importe quelle fée, a-t-il repris doucement.

Il avait raison. Enchanter des objets était du niveau de l'école primaire. N'empêche, j'échouais neuf fois sur dix.

J'ai regardé autour de nous pour m'assurer que personne ne nous observait, j'ai inspiré à fond, doigts tendus, et j'ai prononcé :

– *Serrure, rideau de fer,*
ne me résistez pas !
Panda rêveur sous la pluie !

Rien, évidemment...

– Recommence, plus concentrée, m'a encouragée Oscar. Visualise ton objectif !

J'ai secoué la tête, en bannissant de mes pensées mon dernier échec, haricots verts et poisson gluant. Tout était question de mental, c'est ce que ne cessait de nous répéter Mme Ombeline pendant les cours.

Je devais avoir un très petit mental !

J'ai fixé longuement le rideau de fer et la porte vitrée avant de hurler de nouveau la formule à pleins poumons.

Le rideau s'est levé dans un fracas assourdissant et la porte s'est ouverte à toute volée.

– Waouh, quelle puissance ! s'est écrié Oscar.

Hum, j'allais devoir apprendre à doser mes efforts...

Nous avons pénétré dans un vaste hall meublé de fauteuils et d'un canapé en cuir. Des photos égayaient les murs blancs.

Théobald a refermé derrière nous et nous a fait signe de le suivre.

Il s'est engouffré dans un couloir, s'est arrêté devant une porte sur laquelle était indiqué « C. Lanestier, directrice des recherches ». Il a frappé doucement sans obtenir de réponse.

– On dirait qu'il n'y a personne.

En effet, la pièce était vide.

Quelques feuilles en vrac sur une table ronde, un ordinateur allumé, une tasse de café à moitié pleine, un sac à main posé par terre, une veste accrochée au dossier de la chaise, Mme Lanestier n'était pas loin.

– Elle est sans doute descendue au labo. Venez, c'est au sous-sol.

Nous sommes retournés dans le hall et il a appelé l'ascenseur.

– Au fait, a demandé Oscar, ils cherchent quoi, ici ?

– Des molécules pour guérir les maladies cérébrales, enfin je crois.

– Ta tante va moyennement apprécier de nous voir débarquer, ai-je remarqué.

Théobald a appuyé sur le bouton « sous-sol » et il a haussé les épaules.

– C'est possible. Cela dit, elle nous doit quelques explications !

Les portes de l'ascenseur se sont ouvertes sur des couloirs gris, au sol bétonné.

– Il y a une dizaine de salles de recherche, a expliqué Théobald. Coraline peut être dans n'importe laquelle. On se répartit le boulot ?

J'ai regardé Oscar, et on a hoché la tête en même temps.

– OK, on y va.

J'ai pris le couloir de droite. J'ai frappé à chacune des larges portes en acier avant d'entrer.

À chaque fois des plans de travail carrelés, des tableaux couverts de formules mystérieuses, des éprouvettes, des éviers, des cages remplies de souris blanches… mais pas trace de Mme Lanestier.

Trois minutes plus tard, on faisait le point, bredouilles.

La tante de Théobald n'était pas là, pourtant ses affaires étaient dans son bureau.

Étrange, non ?

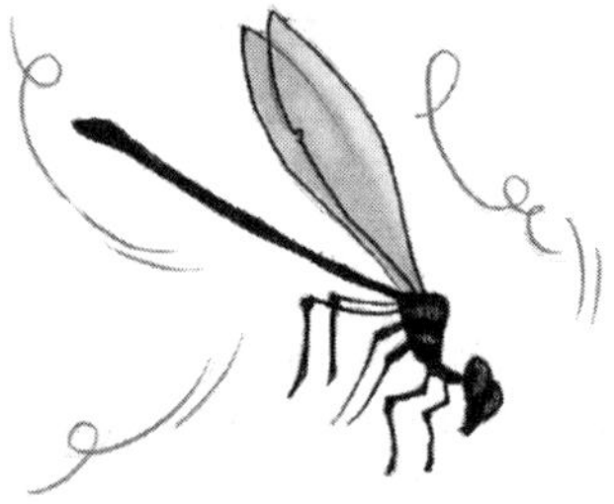

Reviens tout de suite parmi nous !

– On pourrait remonter à l'étage, inspecter les autres bureaux, ai-je proposé.

Les garçons ont hoché la tête. Nous allions nous engouffrer dans l'ascenseur quand Oscar a poussé un cri en désignant le sol.

– Regardez !

À deux pas de nous, immobile, se tenait la plus grande libellule que j'aie jamais vue. Son corps bleuté mesurait une dizaine de centimètres, ses ailes diaphanes étaient déployées, elle était superbe.

– La pauvre, elle doit mourir d'envie de retrouver l'air libre, a murmuré Théobald.

Il s'est approché puis, accroupi, a tendu le pouce et l'index vers le bel insecte qui s'est aussitôt écarté pour s'avancer vers moi.

Comme pris de folie, il s'est mis à voleter dans tous les sens, au ras du sol.

Je l'observais, les yeux écarquillés, quand Oscar a murmuré :

– Ça va vous paraître bizarre, mais on dirait qu'il trace des lettres !

– C'est impossible, a protesté Théobald, les sourcils froncés.

Nous avons échangé tous deux un regard incrédule et nous avons scruté la libellule, fascinés par sa course éperdue.

Oscar avait vu juste.

Elle recommençait inlassablement le même trajet, à toute allure, en formant le mot suivant :

S... É... R... A... P... H... I... N... E.

– Ce n'est pas une libellule ! me suis-je écriée, stupéfaite. C'est... Je ne sais pas... C'est ma mère, ou mon père, ou l'une de mes sœurs.

Oscar a hoché la tête.

– Oui, je crois que tu as raison.

Je me suis avancée, les deux mains en avant, et ma mère, mon père ou l'une de mes sœurs, est venu sans crainte se poser au creux de ma paume.

Je savais ce qu'il me restait à faire.

Rendre à la libellule sa forme humaine le plus vite possible.

Je l'ai examinée avec attention pour tenter de deviner qui se cachait à l'intérieur de ce corps gracieux.

En vain.

J'ai inspiré à fond et j'ai murmuré :

– OK, je commence par Philippine, si c'est elle qui a subi cette métamorphose elle doit être morte de peur.

Les yeux fermés, j'ai pensé très fort à elle. Ses cheveux blonds, son visage d'ange, ses mains potelées.

J'ai oublié où nous étions, ce que nous faisions là, pour que mon esprit ne soit envahi que par ma petite sœur et, les doigts tendus en V, j'ai lancé :

– *Philippine, reviens tout de suite*
parmi nous !
Panda rêveur sous la pluie !

Les ailes de la libellule ont frémi, mais elle a conservé son aspect.

Je me suis concentrée de nouveau. Sur ma mère cette fois.

– *Maman, s'il te plaît,*
retrouve ta forme humaine !
Panda rêveur sous la pluie !

Rien, aucune réaction.

Je me suis tournée vers Oscar.

– Si ça se trouve, je m'y prends mal, ai-je suggéré.

– N'importe quoi ! Tu te débrouilles super bien, tu vas y arriver !

Théobald a hoché la tête pour m'encourager, il avait l'air de croire en moi lui aussi.

Ça m'a donné des forces.

J'ai recommencé en songeant à mon père. Pour être honnête, je n'étais pas follement impatiente de revoir Apolline…

– *Papa, j'ai besoin de toi, métamorphose-toi !*
Panda rêveur sous la pluie !

Mon père est aussitôt apparu, nous faisant tous sursauter.

J'ai poussé un cri et je me suis jetée dans ses bras. Il m'a serrée contre lui.

– Quelle terrible épreuve ! a-t-il lâché d'une voix enrouée. J'ai bien cru que vous ne comprendriez jamais que j'étais emprisonné dans cet insecte !

– Que s'est-il passé ? l'ai-je pressé.

Il s'est frotté le visage des deux mains, comme s'il se réveillait.

– Je vais vous raconter ce que je sais, mais remontons, je ne veux pas rester dans cet affreux sous-sol une seconde de plus.

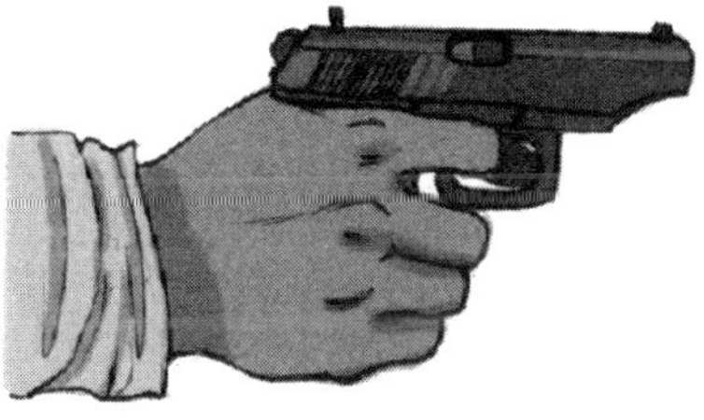

Métamorphose

Une fois au rez-de-chaussée, mon père s'est servi un verre d'eau à la fontaine et nous nous sommes installés dans le canapé et les fauteuils de l'entrée.

Théobald a sorti de ses poches des barres de céréales et nous les a distribuées. Papa a fermé les yeux un instant, il avait sans doute besoin de récupérer.

– Raconte, ai-je soufflé, impatiente.

Il a inspiré à fond et il a entamé son récit d'une voix faible.

– Nous prenions notre petit-déjeuner à la maison, hier matin, quand soudain mes mollets se sont mis à me chatouiller, comme lorsque Apolline ou ta mère nous emmène en voyage. Je les ai regardées et, devant leurs mines ébahies, j'ai compris qu'elles n'y étaient pour rien. En moins de deux secondes, nous nous sommes retrouvés dans ce laboratoire. Coraline Lanestier s'est précipitée sur nous en balbutiant « Je suis désolée... » mais elle n'a pas pu poursuivre. Un homme s'est avancé. La cinquantaine, grisonnant, les traits durs, il tenait un revolver avec lequel il a mis Philippine en joue.

J'ai senti une boule d'angoisse se former au-dessus de mon estomac.

J'imaginais ma petite sœur paniquée.

– Il a exigé que Coraline prive immédiatement ta mère et les filles de leur pouvoir féerique, ce qu'elle a fait. Elle avait l'air totalement affolée. Il a menacé d'attenter à la vie de Philippine si nous tentions quoi que ce soit contre lui, ou si nous appelions d'autres fées à la rescousse. Coraline Lanestier nous a suppliés de lui obéir. Ensuite, il lui a ordonné de se débarrasser de moi. Elle a protesté, il a hurlé de plus belle, et elle m'a transformé en libellule. La métamorphose a été très douloureuse...

– Et après, papa ? ai-je murmuré d'une voix blanche.

– Après, au prix d'efforts énormes, je me suis envolé. Il a crié « On y va, faites le nécessaire, Coraline ! », d'un ton très autoritaire. Il lui a chuchoté leur destination à l'oreille et pfuit, elle a prononcé un enchantement que je n'ai pas compris, puis un second, et ils ont disparu. Je suis resté là, seul. J'ai cherché en vain une issue dans l'espoir de te rejoindre, mais je n'en ai pas trouvé, et j'ai abouti au sous-sol en empruntant les conduits d'aération. Voilà, vous savez tout.

Les questions se bousculaient dans ma tête.

Où étaient ma mère, mes sœurs ? Et que leur voulait cet homme ?

Mon père a repris ses explications, au comble de l'indignation :

– Rendez-vous compte, il connaît l'existence des fées et leurs pratiques, c'est inimaginable ! Madame Lanestier lui a sans doute fait des confidences... De quel droit a-t-elle pu rompre un tel secret ? Et ma femme, mes filles, où sont-elles ?

J'ai glissé ma main dans la sienne. Il a poursuivi, ému :

– Ma grande, je n'ai pas cessé une seconde d'espérer que tu me retrouverais. Et cette métamorphose… Je suis très fier de toi.

Théobald s'est raclé la gorge avant d'oser :

– Apolline devait être terrorisée, non ?

– Oui, j'imagine. Mais elle a beaucoup de sang-froid, je suis sûre qu'elle aidera mon épouse à protéger Philippine au mieux.

Puis il s'est tourné vers Oscar :

– Excuse-moi… qui es-tu exactement ?

– Oh, un ami de Séraphine, le fils de sa prof d'enchantements.

– Bon, très bien, a simplement commenté mon père, peu habitué pourtant à me voir avec des garçons.

– Papa, si on faisait appel à la mère d'Oscar ? ai-je proposé.

– Pas question, s'est-il écrié, notre agresseur a été très clair.

Il a parcouru les lieux du regard avant de lancer, soudain fébrile :

– Regardez, c'est lui !

Les garçons et moi, nous avons sursauté avant de comprendre qu'il désignait un grand poster affiché au-dessus du comptoir d'accueil.

On y découvrait l'entreprise vue du ciel et, juste en dessous, le portrait en gros plan de toutes les personnes employées par Médica-Pharma.

– Oui, c'est bien lui, a-t-il affirmé en montrant du doigt la photo du PDG, le docteur Hugo Charpentier.

Oscar a demandé à Théobald :

– Tu le connais ?

– Non. Ma tante ne m'a amené qu'une seule fois ici, parce qu'elle avait oublié un dossier, mais on n'a croisé personne. Elle m'a parlé de lui à une ou deux reprises. Un bourreau de travail, en quête de la grande avancée qui pourrait révolutionner les sciences du cerveau.

Mon père a esquissé un pâle sourire.

– Bon, nous savons que ce Hugo Charpentier, avec l'aide de Coraline Lanestier, a kidnappé ma femme et deux de mes filles. On progresse, non ?

J'ai hoché la tête en silence, mais je songeais plutôt à l'étendue de ce qui nous restait à découvrir...

Théobald, soudain furieux, a lancé :

– Comment ma tante a-t-elle pu mettre Apolline en danger, alors qu'elle éprouve tant d'admiration pour elle ?

– Et ma mère, et Philippine ? ai-je ajouté pour rétablir l'équilibre.

– L'étape suivante... a commencé mon père.

Il n'a pas pu poursuivre, ses yeux se sont fermés et il s'est affaissé sur le canapé.

La rose des sables

Paniquée, je me suis agenouillée à côté de lui.

J'ai posé la main sur son cœur, il battait normalement.

– Papa, papa, tu m'entends ? ai-je crié.

Pas de réponse.

Je me suis tournée vers les garçons.

– Vite, on l'emmène chez le médecin.

Oscar s'est accroupi à côté de moi.

– C'est la première métamorphose qu'il subit ? m'a-t-il demandé.

– Oui, je crois.

– Alors ne t'inquiète pas, il dort, c'est normal.

– Quoi ?

– Son corps a besoin de vingt-quatre heures de sommeil pour récupérer, et rien ni personne ne pourra le réveiller.

Rassurée, j'ai caressé la joue de mon père avant d'observer :

– Le pauvre, on ne peut quand même pas le laisser là. Il serait mieux dans son lit.

Sans attendre de réponse, j'ai tendu mes doigts en avant et :

– *À la maison sous des draps frais*
tu dormiras
Panda rêveur sous la pluie !

Mon père a aussitôt disparu.

J'ai croisé les doigts pour qu'il réapparaisse bien à l'endroit prévu, et Théobald a décrété avec énergie :

– Bon, on se met au travail. On cherche ce qui pourrait être en rapport avec la destination de Charpentier. Le temps presse, on ne sait pas de quoi ce type est capable.

Il avait raison. Ma mère et mes sœurs étaient peut-être en danger de mort.

J'ai soupiré. Mélusine s'agitait depuis un moment dans une de mes poches, alors je l'ai posée par terre pour qu'elle se dégourdisse les pattes.

Devant le regard surpris de Théobald, j'ai précisé :

– C'est ma chatte, enfin, ma rate.

Elle s'est dirigée vers le grand paillasson beige de l'entrée.

– Mélu, viens ici tout de suite !

Immobile, elle m'a fixée avant de gratter le sol de ses griffes, frénétique. Je me suis approchée, intriguée.

Devant le museau de Mélusine, quelque chose scintillait.

– Oscar, ai-je appelé, viens voir !

Il nous a rejointes, suivi de Théobald, avant de s'exclamer, admiratif :

– Je crois que c'est une rose des sables ! Je n'en avais jamais vu de si petite.

J'ai tendu la main pour la saisir, et j'ai poussé un cri de surprise.

Un frisson venait de me parcourir les épaules de droite à gauche, comme à chaque fois que je touche un objet enchanté.

– Elle a été déposée là par une fée, me suis-je écriée.

– Coraline, forcément, a déduit Oscar.

Elle nous avait laissé un indice, sans doute en rapport avec le lieu où étaient détenues ma mère et mes sœurs.

Mon père avait précisé qu'elle avait prononcé deux enchantements au moment de quitter le laboratoire. Le premier devait concerner leur destination, et le deuxième l'apparition de la rose des sables.

– Pourvu… pourvu qu'ils n'aient pas atterri dans le désert, Philippine ne supporte pas la chaleur, ai-je balbutié, alarmée.

Oscar m'a posé la main sur l'épaule, réconfortant.

– Ta mère et tes sœurs ne seraient d'aucune utilité à Charpentier au beau milieu du Sahara, ne t'inquiète pas.

Puis il a ajouté, perplexe :

– En même temps, je ne vois pas ce que cet indice signifie.

Il m'a regardée, les sourcils légèrement froncés. Une mèche de cheveux lui barrait le visage. Je n'ai pas résisté.

Je l'ai repoussée légèrement du bout des doigts.

Oscar, surpris, s'est écarté aussi vivement que si je venais de lui envoyer une décharge électrique, en portant les deux mains à sa tête.

– Excuse-moi, je… je crois que j'ai… a-t-il balbutié.

Je l'ai dévisagé, stupéfaite et un peu vexée.

Heureusement, Théobald nous a tirés d'embarras en s'exclamant :

– J'ai besoin d'un café pour m'éclaircir les idées, vous voulez boire quelque chose ?

On a répondu en même temps, les yeux baissés :

– Non merci.

Tandis qu'il se dirigeait vers la machine, j'ai balayé le hall du regard.

Et soudain j'ai poussé un cri triomphal :

– La rose des sables… J'ai trouvé !

La seule solution

La photo d'une péniche rouge, flambant neuve, était affichée au mur, à deux mètres de la machine à café.

La Rose des sables !

Le nom était écrit en toutes lettres, à la proue du bateau devant lequel Hugo Charpentier posait, une bouteille de champagne à la main, entouré d'amis.

– Tu es géniale ! s'est exclamé Oscar, le pouce en l'air. Et pour tout à l'heure, désolé, ça n'avait rien à voir avec toi, c'est juste que… Enfin, je t'expliquerai plus tard.

J'ai acquiescé, rassurée.

– Je dois reconnaître que sur ce coup-là, tu as été la meilleure ! a admis Théobald.

Il a ajouté en observant de près la péniche :

– Dire qu'Apolline est là…

– Et ma mère, et Philippine ! ai-je ajouté encore une fois, agacée.
– Je ne les oublie pas, c'est juste que je trouve Apolline tellement…
Il n'a pas terminé sa phrase, rêveur.
Oscar a repris, pragmatique :
– Qu'est-ce qu'on attend pour y aller ?
– Ce bateau peut être n'importe où, ai-je répondu. Le long du fleuve, au vieux port, sur le canal de la Brèche ou celui du Guet…
Il a hoché la tête avant de plonger son regard vert, si lumineux, dans le mien.
– Alors il n'y a qu'une solution.
J'ai soupiré, mal à l'aise.
Oui, bien sûr, il n'y avait qu'une seule solution.
Le voyage immobile.
Je n'avais jamais essayé, et même les fées les plus talentueuses réussissaient rarement du premier coup.
Oscar a effleuré ma joue du revers de sa main, timidement, sans doute pour m'encourager.
– Écoute, je… je ne sais pas si j'en suis capable, ai-je balbutié. C'est hyper risqué, si j'échoue on…

Il m'a coupée.

– Tu n'as pas le choix, on doit faire vite.

Théobald, à côté de lui, a acquiescé gravement.

– J'ai horreur des voyages immobiles mais là, c'est la seule solution.

Mélusine, au fond de ma poche, m'a léché le bout des doigts comme pour me donner des forces.

Je me suis adossée au mur, les yeux clos, avec la sensation d'avoir un poids énorme sur les épaules.

La gorge nouée, j'ai pensé à ma mère, toujours douce et joyeuse, et à Philippine qui exigeait que je lui fasse un petit câlin, chaque soir, avant de s'endormir.

Même le souvenir d'Apolline, si belle, si douée, m'a émue.

Leur vie ne tenait peut-être qu'à moi.

Perdus

Debout au beau milieu du hall de Médica-Pharma, je m'apprêtais à prononcer mon enchantement lorsque Théobald m'a demandé :

– Euh, que risque-t-on exactement ?

– De ne pas...

Oscar m'a donné un discret coup de coude.

– ... non, rien, t'inquiète, ai-je conclu.

J'ai de nouveau bloqué mes pensées négatives, vidé mon cerveau, tenté d'oublier le léger tremblement de mes mains et mon cœur qui battait trop fort.

J'ai senti qu'Oscar pressait mes doigts, et je lui ai répondu.

En respirant très lentement, je me suis laissé envahir par la Rose des sables, sa forme, sa couleur.

J'ai lancé à tue-tête :

– *Voyage immobile*
jusqu'à la Rose des sables,
Panda rêveur sous la pluie !

J'ai été aussitôt parcourue de fourmillements de plus en plus forts. Nous étions en train de quitter Médica-Pharma.

Sauf que...

Les fourmillements ont cessé beaucoup trop vite.

Nous n'étions plus dans le hall, nous étions dans une sorte de faille spatio-temporelle. En tout cas, c'est ce que Mme Ombeline nous avait expliqué en cours, deux mois plus tôt.

Mon enchantement n'avait pas été assez efficace.

J'ai senti la peur déferler sur moi et j'ai aussitôt essayé de la repousser car elle ne me serait d'aucune utilité. J'ai appelé :

– Oscar ? Théobald ?

Un silence angoissant m'a répondu puis, non loin de moi, deux voix étouffées ont prononcé un même « Oui ».

Intense soulagement !

En tentant de paraître plus sûre de moi que je ne l'étais, j'ai annoncé :

– Bon, je recommence.

– Attends, j'ai... j'ai peut-être une idée, a commencé Oscar. Ma mère dit toujours qu'un sort gagne en efficacité si on...

– OK, tu nous raconteras ça plus tard, a rétorqué Théobald. J'ai la nausée, je n'en peux plus. Séraphine, sors-nous de là, par pitié !

J'ai inspiré à fond et mon enchantement, impérieux, a comblé le vide étrange qui nous entourait :

– *Voyage immobile*
jusqu'à la Rose des sables,
Panda rêveur sous la pluie !

J'ai éprouvé une curieuse impression en prononçant ces mots, comme si une autre fée m'épaulait et que sa voix se joignait à la mienne.

Une découverte inquiétante

Nous sommes réapparus derrière l'un des entrepôts du vieux port fluvial, un peu étourdis.

– Bien joué ! a murmuré Théobald, très pâle.

La nuit tombait déjà et j'ai frissonné. L'endroit, éclairé par un unique réverbère, était lugubre.

Oscar s'est tourné vers moi, l'air secoué lui aussi.

– Séraphine, a-t-il chuchoté, pressant, il faut que je te parle.

Nous nous sommes éloignés de Théobald.

– Voilà, a-t-il repris, tout à l'heure, quand tu as écarté cette mèche de mon visage, il s'est passé un phénomène étrange.

– C'est-à-dire ? ai-je demandé.

Il a cherché ses mots.

– J'ai eu la sensation d'être traversé par un éclair et il m'a semblé que tout mon corps crépitait, c'est pour ça que j'ai eu un mouvement de recul. Et juste après, j'ai... j'ai su que tu venais de me transmettre une partie de tes pouvoirs.

– Quoi ? Mais c'est... magique ! me suis-je écriée. Alors c'est toi qui as doublé mon sort à l'instant ?

Il a hoché la tête en rougissant, avant d'ajouter :

– Le seul souci, c'est que je n'ai pas de signature.

– T'inquiète, la signature, c'est surtout pour faire joli. Tu finiras bien par en trouver une à ton goût.

– Mais qu'est-ce que vous fabriquez ? a soudain chuchoté Théobald qui s'était approché à pas de loup. Cachons-nous ! Le surveillant du port fait sa ronde, il va nous voir.

Nous nous sommes vite réfugiés derrière de hauts containers. L'homme est passé sans s'arrêter.

– Vous voyez la Rose des sables ? s'est enquis Oscar.

– Là-bas, a déclaré Théobald. Le cinquième bateau sur la droite.

Mon souffle s'est accéléré, nous touchions au but.

– On y va ? ai-je suggéré.

– Oui, a répondu Oscar. Tu es prête ?

– À quoi ?

– À les neutraliser.

– Les neutraliser ? ai-je répété.

Théobald a pris la relève.

– Oui, tu devras neutraliser tout de suite les dons de Coraline et immobiliser Charpentier.

À ces mots, je n'ai pas pu m'empêcher de soupirer.

Un double sort, pas vraiment ma spécialité.

J'ai posé la main sur le bras d'Oscar.

– Tu m'aideras ?

– J'essaierai, mais je ne te promets rien, je débute... Et puis, la fée, c'est toi !

Je lui ai souri, la fossette qui creusait sa joue gauche était vraiment adorable.

À pas vifs, nous avons longé les containers. Aucune lumière ne filtrait de la Rose des sables. Mauvais signe !

Nous avons enjambé le bastingage.

La porte de la cabine de pilotage n'était pas verrouillée, nous sommes entrés en tendant l'oreille. Pas le moindre bruit.

En veillant à ne pas faire grincer les marches de l'escalier, nous sommes descendus dans la partie aménagée.

Il n'y avait personne.

J'ai senti le découragement s'abattre sur moi, et les larmes emplir mes yeux.

Je les ai essuyées rapidement, j'ai tâtonné le long d'une paroi pour trouver un interrupteur et j'ai allumé la lumière.

Nous nous trouvions dans une grande salle qui ressemblait à s'y méprendre à un bloc opératoire.

Trois tables d'examen recouvertes d'un drap blanc froissé, comme si on venait de s'y allonger.

Des appareillages compliqués dotés de tableaux de bord où clignotaient des chiffres rouges.

Posés sur un plateau métallique, des seringues, des scalpels, des aiguilles, des gants chirurgicaux...

La bouche sèche, je me suis approchée du premier lit, sur lequel j'ai immédiatement repéré deux cheveux roux longs et bouclés.

Des cheveux d'Apolline.

Qu'est-ce que Charpentier avait pu lui faire?

Oscar a entouré mes épaules d'un bras réconfortant et j'ai bredouillé :

– Il... il a dû se livrer à... je ne sais pas... Pourvu qu'elles...

Je n'ai pas eu le temps de terminer ma phrase.

Théobald a hurlé, hors de lui :

– Comment ce sale type a-t-il osé faire du mal à Apolline?

Je n'ai pas eu le cœur d'ajouter :

« Et à ma mère, et à Philippine. »

Invisible, je veux vous voir

À cet instant, un léger picotement m'a parcouru les doigts de pieds.

Cette sensation, presque imperceptible, je la connaissais par cœur, je l'éprouvais à chaque fois qu'une fée étrangère à la famille s'approchait de moi. Un signe de reconnaissance, en quelque sorte.

– Elle est ici ! me suis-je écriée.

– Qui ça ? ont-ils demandé.

– Coraline Lanestier, qui d'autre ? ai-je répliqué.

– Tu en es sûre ? s'est étonné Théobald en scrutant la pièce.

– Oui ! Elle a utilisé un sort d'invisibilité mais elle est là, sur la Rose des sables.

J'ai croisé le regard d'Oscar, et j'ai su qu'il pensait la même chose que moi.

À moi de jouer.

Les yeux fermés, j'ai visualisé Coraline, la couleur de ses cheveux, les traits de son visage et son allure générale. Ensuite j'ai ralenti le rythme de ma respiration, j'ai tendu les deux bras en avant, doigts écartés, et j'ai lancé :

– *Invisible, je veux vous voir,*
apparaissez !
Panda rêveur sous la pluie !

De longues secondes se sont écoulées sans qu'il se passe rien.

Nous retenions notre souffle et je commençais à croire que j'avais échoué lorsque Coraline Lanestier a pris forme devant nous.

– Bravo ! s'est exclamé Oscar.

Il fallait le dire vite.

La tante de Théobald était bien là, mais il lui manquait les mains et les pieds, que mon sort n'avait pas réussi à lui restituer.

Elle avait perdu son élégance.

Échevelée, les vêtements froissés, l'air misérable, elle fixait le sol.

Théobald lui a ordonné froidement :

– Coraline, on t'écoute.

Elle a secoué la tête sans répondre, elle semblait bouleversée.

Son neveu lui a fait signe de venir s'asseoir à nos côtés. Elle s'est exécutée.

Puis il s'est tourné vers moi.

– Ses pieds, ses mains... c'est ridicule, fais quelque chose Séraphine !

– Elle n'a qu'à le faire elle-même, ai-je rétorqué.

Mme Lanestier a murmuré :

– Je ne peux pas, tu sais bien que seule la fée qui prononce un sort peut le mener à son terme.

Pour être franche, je ne le savais pas, ou je l'avais oublié.

– S'il te plaît, rends-moi ce qui me manque, a-t-elle ajouté doucement.

Elle me faisait pitié. J'ai lancé :

– *Pieds et mains,*
au bout des bras,
au bout des jambes !
Panda rêveur sous la pluie !

Ça a marché du premier coup, j'étais vraiment en progrès.

– Merci, Séraphine, a-t-elle balbutié, c'est très aimable à toi.

Oscar a répliqué sèchement :

– Pour les politesses, on verra plus tard. Dites-nous plutôt où sont madame Gabestan et ses filles.

– Je l'ignore, a-t-elle avoué.

J'ai accusé le coup, elle était notre seule chance.

– Je suis entièrement responsable de ce qui est arrivé à ta famille, Séraphine, je suis même… coupable, a-t-elle continué.

Je lui ai lancé un regard noir.

– Je n'en doute pas ! Que s'est-il passé ?

Elle a voulu poser sa main sur la mienne dans un geste d'apaisement, mais je me suis écartée.

– Alors ? ai-je insisté.

Elle s'est raclé la gorge.

– Voilà… J'ai appris il y a peu que j'étais atteinte d'une maladie très rare, incurable, qui ne touche que les fées. D'après mon médecin, je vais perdre peu à peu tout pouvoir et devenir une femme ordinaire.

Elle s'est tue, incapable de poursuivre. Visiblement, cette perspective la perturbait au plus haut point.

Moi, franchement, ça ne me paraissait pas si grave. J'étais la preuve vivante qu'on pouvait très bien s'en sortir sans prononcer des enchantements à tout bout de champ. Même si, ces derniers temps, la tendance s'était légèrement inversée...

– Et? a demandé Théobald, qui ne semblait pas non plus très affecté par cette nouvelle.

– Je collabore avec le docteur Charpentier depuis des années, c'est un chercheur de renommée internationale, spécialisé dans les maladies du cerveau. La science a réalisé de grands progrès grâce à lui, sur les troubles de la mémoire par exemple. Il partage son temps entre Médica-Pharma, où je l'aide à mettre au point des médicaments, et cette péniche où il mène, disons, des travaux plus confidentiels, plus... expérimentaux. C'est réellement un homme de talent, il accomplit des miracles et...

Oscar a soufflé, agacé.

– Madame Lanestier, si on veut en savoir plus sur ce sale type, on consultera sa fiche Wikipédia.

– J'ai commis une terrible erreur de jugement, a-t-elle reconnu, mais j'étais désespérée. Je n'imagine pas un instant ma vie sans féerie. Alors, après avoir mûrement réfléchi, j'ai parlé de mes soucis au docteur Charpentier. Je pensais qu'il était l'unique personne au monde capable de me soigner.

Les garçons et moi avons échangé un regard consterné.

– J'ai prononcé devant lui des enchantements pour le convaincre de l'existence des fées, a-t-elle repris. Il a été émerveillé. Du moins, dans un premier temps...

– Et ensuite ? ai-je demandé, pressée d'en arriver à l'essentiel.

– Je l'ai prié de réfléchir à un médicament qui stopperait la progression de ma maladie. Il a accepté et m'a fait subir une batterie d'examens, après quoi il a formulé une requête.

– Laquelle ?

Elle a hésité avant d'avouer.

– Il désirait observer le cerveau d'une fée saine pour le comparer avec le mien. Cela lui permettrait, a-t-il prétendu, de mieux définir la zone sur laquelle intervenir. J'ai aussitôt cherché une fée dotée de capacités équivalentes aux miennes.

– Et cette autre fée, c'est... ai-je murmuré.

– Ta grande sœur. J'avais entendu parler de ses dons extraordinaires par une amie dont la fille est dans la même classe. Notre rencontre m'a confirmé qu'elle était celle qu'il me fallait. Dès mon arrivée à Médica-Pharma, de bonne heure vendredi matin, j'ai annoncé la nouvelle au docteur. Et là, j'ai perdu le contrôle de la situation.

Chantage

– C'est le moins qu'on puisse dire ! s'est exclamé Théobald, furieux. Est-ce que tu te rends compte du danger que tu fais courir à Apolline... et à sa famille ?

– Oui, bien sûr, et j'en suis terriblement désolée, crois-moi. Si c'était à refaire...

Elle a soupiré longuement avant de poursuivre le fil de son récit.

– Au départ, je pensais reprendre contact avec Apolline sous un prétexte quelconque, puis la soumettre à un sort d'influence pour qu'elle se prête quelques heures aux examens souhaités par le docteur. Je l'aurais amnésiée, et elle n'aurait gardé aucun souvenir des événements.

– Et ça ne s'est pas passé comme prévu, a sombrement commenté son neveu.

– Non, en effet. Lorsque j'ai exposé mes intentions à Hugo Charpentier, il m'a éclaté de rire au nez. Il voulait disposer d'Apolline plusieurs semaines voire plusieurs mois afin de mener des expérimentations. Je m'y suis opposée, bien sûr, et... il a évoqué la possibilité de me faire chanter.

– De te faire chanter? s'est étonné Théobald.

– Il avait filmé à mon insu les enchantements que j'avais réalisés devant lui et il a menacé de rendre ces vidéos publiques, ce que je ne pouvais pas envisager. Il a ensuite exigé qu'Apolline apparaisse devant lui, tout de suite.

Elle s'est tournée vers moi.

– Les autres membres de ta famille n'auraient pas dû être du voyage, mon enchantement a été plus puissant que prévu, je suis désolée.

– Pourquoi vous a-t-il demandé de les transférer sur la péniche? ai-je voulu savoir.

Elle a soupiré.

– Parce qu'il vient d'y installer un matériel médical très au point, grâce auquel il peut effectuer des investigations poussées, en toute discrétion. Une fois ici, il a voulu que j'immobilise ses... patientes, et il s'est mis au travail.

Elle a vu que je grimaçais et elle s'est empressée d'ajouter :

– Rassure-toi, rien de douloureux. Des radios, des prises de sang. Il m'a aussi ordonné d'enchanter madame Gabestan et ses filles pour qu'elles se soumettent à lui définitivement et pour que le reste du monde oublie à jamais leur existence. J'ai... j'ai obéi, je n'avais pas le choix.

– Quoi ? ai-je hurlé, horrifiée.

– Rassure-toi, Séraphine, j'ai aussitôt prononcé un contre-sort, en silence. Ta mère et tes sœurs ne seront nullement affectées. Les premiers symptômes de ma maladie ne se sont pas encore manifestés, mes enchantements n'ont rien perdu de leur efficacité.

– Et après ? a soufflé Oscar.

– Après, je pense qu'il avait l'intention de se débarrasser de moi, seulement il n'en a pas eu le temps, quelqu'un a frappé à la porte. Charpentier n'a pas ouvert bien sûr, mais le visiteur a insisté, il a crié : « Hugo, c'est Joseph Dumesnil, je vous apporte les documents que vous m'aviez demandés. » Et comme il n'obtenait pas de réponse et que la serrure n'était pas verrouillée, il est entré. Là, mon patron a paniqué.

– C'est-à-dire ? a murmuré Théobald.

– Dumesnil est l'un de mes collègues chercheurs. Il aurait sûrement trouvé très étrange de nous découvrir aux côtés de trois patientes inanimées... Alors Charpentier a exigé que je les transfère immédiatement, lui et les Gabestan, où bon lui semblerait, sans me confier sa destination. Un sort particulièrement difficile à réaliser, mais je me suis exécutée, je n'avais pas le choix... Ensuite je me suis rendue invisible, Dumesnil est parti, et peu après vous êtes arrivés. Je m'apprêtais à vous rejoindre et à prononcer un contre-sort pour retrouver mon apparence, toutefois tu as été plus rapide que moi, Séraphine.

J'ai frissonné, en songeant que ma mère et mes sœurs étaient à la merci de cet homme.

– Où peuvent-ils bien être ? ai-je prononcé, en plein désarroi.

Mme Lanestier a secoué la tête, pensive, avant de se redresser, les yeux brillants.

– Il y a quelque temps, il a évoqué devant moi un projet qu'il avait mené autrefois, en partenariat avec la faculté de médecine. À l'époque, il y disposait d'un laboratoire personnel, au sous-sol, le labo 6. Il s'est peut-être rendu là-bas… Le samedi soir il est sûr de ne pas être dérangé, les autres chercheurs ont quitté les lieux.

J'ai attrapé Mélusine qui gambadait sur le tapis, nous nous sommes tous regardés, et Oscar a décrété :

– Qu'est-ce qu'on attend ?

Coraline a acquiescé.

– Oui, allons-y.

– *Nous quatre au-devant*
de Charpentier, labo 6 !
Firmament irisé !

Porte de fer ouvre-toi

Nous nous sommes instantanément retrouvés dans un couloir éclairé par un néon qui clignotait.

J'ai frissonné.

– Tu as froid ? Prends mon sweat, a proposé Oscar.

Je l'ai enfilé, il était trop grand pour moi, mais chaud et réconfortant.

– Merci, ai-je chuchoté.

Théobald, adossé au mur, était blême.

– Ça va ? lui ai-je demandé.

Il a acquiescé avant de lancer, un peu fébrile :

– Apolline est là, j'en suis sûr, je le sens ! Allons-y, ne perdons pas de temps.

– Suivez-moi, a ordonné Coraline Lanestier, le labo 6 ne doit pas être loin.

– Comment procéderons-nous une fois devant le docteur Charpentier ? me suis-je inquiétée.

– J'agirai comme j'aurais dû le faire depuis le début si j'avais eu plus de courage et de présence d'esprit : je le neutraliserai, voire je l'éliminerai, définitivement ! a-t-elle répondu d'un ton féroce.

Puis, plus doucement, elle a ajouté :

– J'aurai besoin de toi, Séraphine, nous ne serons pas trop de deux fées pour lutter contre lui.

– Heu, je ne sais pas si...

Elle m'a interrompue :

– Si ! Pour sauver ta famille, je suis sûre que tu peux accomplir des merveilles.

J'ai esquissé une grimace, effrayée à la perspective de rencontrer le docteur en chair et en os.

Oscar m'a glissé à l'oreille :

– Et j'essaierai de t'aider !

– Dès que nous le verrons, nous prononcerons un sort d'immobilisation, d'accord ? a ajouté Coraline.

J'ai acquiescé, le cœur battant.

Théobald a lancé, enthousiaste :

– Je vous soutiendrai, de toutes mes forces !

– Tu feras mieux que ça, a répliqué Coraline. Pendant que nous nous occuperons de Charpentier, tu libéreras nos prisonnières et vous filerez.

Quelques pas plus tard, nous nous sommes retrouvés face à une porte en acier, sur laquelle était noté en gros « LABORATOIRE DE RECHERCHE N° 6 ».

Dire que ma mère et mes sœurs étaient à quelques mètres seulement, livrées à un scientifique capable du pire !

Pour me donner du courage, j'ai plongé ma main dans ma poche et j'ai caressé Mélu, qui s'est blottie contre mes doigts tremblants.

Impatiente, Coraline Lanestier s'est tournée vers moi.

– Il faut forcer l'ouverture. Par souci d'efficacité, tu répéteras le sortilège après moi. Ferme les yeux et concentre-toi. Prête ?

– Oui, ai-je répondu dans un souffle.

Elle a reculé d'un pas et, bras tendu, a articulé à mi-voix :

– *Porte de fer ouvre-toi, ne résiste pas,*
Firmament irisé !

J'ai aussitôt répété :

– *Porte de fer ouvre-toi, ne résiste pas,*
Panda rêveur sous la pluie !

Dans un écho léger, j'ai entendu :

– *Porte de fer ouvre-toi, ne résiste pas,*
Parole d'homme-fée !

Oscar avait trouvé sa signature !

Sans un bruit, la porte s'est volatilisée sous nos yeux, ce qui ne nous a pas empêchés de sursauter à la vue du spectacle qui nous attendait.

Des fées en danger

À quelques mètres de nous, ma mère et mes deux sœurs étaient allongées sur des tables d'opération, les paupières closes, pâles et inconscientes.

Sur leur tête, le docteur avait installé des électrodes reliées à des machines. Un liquide transparent s'écoulait, goutte à goutte, dans la veine de leur bras droit.

J'ai enregistré la scène en un clin d'œil, et mon regard affolé s'est posé sur Charpentier qui nous dévisageait, au comble de la surprise.

– Séraphine, vite, neutralisation ! ai-je entendu.

Coraline, à côté de moi, tendait déjà ses doigts en V.

Mais la voix du chercheur a éclaté, pleine de fureur :

– En arrière et plus un geste, sinon c'en sera fini de mes trois patientes.

Il désignait un bouton rouge orné d'une tête de mort.

– Une simple pression de ma part et elles recevront une décharge électrique mortelle.

– C'est peut-être du bluff, a murmuré Oscar, la voix étranglée.

– On ne prend pas le risque, a rétorqué Théobald, sans quitter des yeux le visage d'Apolline.

Nous avons tous reculé, effrayés par la menace.

Coraline a murmuré :

– Je peux essayer de…

– Non, pas question, l'ai-je interrompue d'un ton sans appel.

– Éloignez-vous les uns des autres, plus vite ! a crié Charpentier.

Nous avons obéi pendant qu'il nous dévisageait tour à tour. Son regard s'est longuement posé sur moi, et je me suis recroquevillée dans le sweat d'Oscar.

– Maintenant, écoutez-moi bien ! a-t-il lancé. J'ai agi uniquement dans l'espoir de permettre à la science de progresser à pas de géant. Imaginez un monde où nous serions tous capables de féerie, imaginez les prodiges que nous pourrions accomplir pour le bien de l'humanité !

Il a désigné ma mère et mes sœurs.

– Ne les voyez plus comme des êtres ordinaires ou comme des membres de votre famille, mais comme des cobayes grâce auxquels la face du monde sera changée ! Je les ai mises sous sédatifs pour travailler sereinement. À leur réveil je leur demanderai de réaliser des enchantements et j'analyserai leur cerveau en action, millimètre par millimètre. Dans un troisième temps, j'effectuerai des prélèvements pour affiner mon étude.

Des prélèvements ?

J'ai senti la nausée me gagner, mes jambes flageoler.

Il m'a fixée et s'est adressé à moi :

– Tu leur ressembles... Tu es de la famille, n'est-ce pas ?

J'ai hoché la tête faiblement.

– Approche-toi, m'a-t-il ordonné. Plus j'aurai de sujets à examiner, mieux ce sera. Oui, une fée de plus, ce sera parfait.

Je me suis tournée vers mes compagnons qui m'ont renvoyé un regard impuissant.

Charpentier a répété, agacé :

– Approche-toi !

Terrorisée, je me suis dirigée vers lui.

Notre seule chance

– Bien, a commenté Charpentier en m'examinant de la tête aux pieds, le doigt toujours à quelques millimètres de l'horrible bouton rouge. Vous formez vraiment un échantillonnage parfait, âges différents, corpulences différentes... Tu vois cette quatrième table d'opération, juste à côté de moi ? Tu vas t'y allonger.

J'ai acquiescé imperceptiblement.

L'espace d'un instant, j'ai songé à prononcer un enchantement d'immobilisation. J'ai renoncé, persuadée qu'il réagirait bien avant que j'aie terminé.

J'ai enfoui mes mains tremblantes dans mes poches pour me réchauffer, et Mélusine a pressé son museau contre ma paume.

– Madame Lanestier va t'aider à t'installer, sans rien risquer d'inconsidéré, d'accord ? Elle te perfusera ensuite avec un produit inoffensif qui te décontractera.

Coraline a hoché faiblement la tête.

Pour gagner du temps, j'ai demandé :

– Quelles expériences avez-vous tentées sur ma mère et ma sœur ?

– Ah, je vois que mes travaux t'intéressent. Je me suis contenté de simples prises de sang, d'IRM, et d'une batterie de tests pour évaluer leurs capacités. Un protocole classique, en somme.

– C'est ce que je vais subir, moi aussi ? ai-je balbutié.

– Oui, avant que nous ne passions à des choses plus sérieuses.

Des choses plus sérieuses.

– Les… les prélèvements ? ai-je murmuré.

– Par exemple.

Un frisson irrépressible m'a traversé le dos de part en part.

J'ai fermé les yeux, en quête d'une solution, mais mon esprit affolé n'entrevoyait aucune issue.

Mélusine s'est mise à gigoter sous mes doigts, comme si je lui avais transmis mon cffroi.

Mélusine ?

Oui...

Elle était notre seule chance.

Si je parvenais à m'armer de courage, je sauverais peut-être nos vies.

Répulsion

– Qu'est-ce que tu attends ? m'a sèchement demandé Charpentier.

Le cœur battant à tout rompre, je me suis tournée lentement vers la table.

Discrètement, j'ai pris Mélusine dans ma main gauche.

Avec l'énergie du désespoir, j'ai prononcé pour la première fois un sort silencieux, et j'ai fait face au docteur.

Surmontant ma répulsion, je lui ai brandi en plein visage l'animal que je venais d'appeler de tous mes vœux.

Un cobra énorme, gueule grande ouverte, prêt à mordre !

Charpentier a pâli, puis il a reculé maladroitement avant de tomber en arrière tandis que je continuais à avancer vers lui.

– Coraline ! ai-je crié.

Elle s'est ruée sur nous, elle a tendu le bras, index et majeur en V.

– *Stop, plus un geste et reste à terre,*
immobile !
Firmament irisé !

Je l'ai imitée pour renforcer son enchantement et Oscar, qui avait eu la même idée que moi, a mêlé sa voix à la mienne.

– *Stop, plus un geste et reste à terre,*
immobile !
Parole d'homme-fée !

Charpentier s'est immobilisé, le visage figé par la peur.

J'ai vite rendu à Mélusine sa forme initiale, elle m'a remerciée en miaulant, et je me suis précipitée au chevet des trois dormeuses.

Théobald avait déjà pris la main inerte d'Apolline entre les siennes.

Je me suis assise tout contre Philippine et je lui ai caressé tendrement le front, tandis que Coraline tapotait doucement les joues de ma mère.

Oscar s'est approché de moi. Il a posé une main sur mon épaule et il l'a serrée fort, l'air ému.

– Tu sais quoi ? Tu es…

– Oui ?

Il a balbutié :

– Tu es encore mieux qu'une fée !

J'ai rougi, et je lui ai souri.

Je crois que c'est le plus joli compliment qu'on m'ait jamais offert !

AA3

Coraline Lanestier a contemplé pensivement ma mère et mes sœurs, avant de murmurer :

– Je crains qu'elles ne soient pas près de se réveiller, et nos enchantements ne peuvent rien contre la chimie. À moins que…

Elle s'est retournée, a ouvert un placard et regardé attentivement l'étiquette de chaque boîte de médicaments qui s'y trouvait. Au bout de quelques minutes, elle s'est écriée :

– Ça y est, je le tiens, l'AA3 !

– De quoi s'agit-il ? ai-je demandé.

– D'un antidote que Hugo Charpentier et moi avons mis au point pour dissiper les effets du puissant somnifère qu'il leur a fait ingurgiter.

Doucement, j'ai glissé dans la bouche de Philippine un comprimé que Coraline m'a tendu. Elle a fait de même avec ma mère, tandis que Théobald s'occupait d'Apolline.

Puis on a attendu, le souffle suspendu, impatients de voir nos assoupies revenir enfin à elles.

Ma petite sœur s'est manifestée la première. Elle a soupiré, avant de papillonner des paupières, comme après un long sommeil.

Je l'ai prise dans mes bras pour la rassurer, et elle s'est blottie contre moi.

– Tout va bien, Philippine, ai-je chuchoté, on est là.

Puis ma mère et Apolline ont repris lentement conscience et, quelques minutes plus tard, elles nous ont pressés de questions, soucieuses avant tout de savoir ce qu'il était advenu de mon père.

Je les ai rassurées puis, en nous coupant sans cesse la parole, Théobald, Oscar et moi leur avons raconté notre aventure par le détail.

Là, maman s'est précipitée sur moi pour me féliciter.

Elle a entouré mon visage de ses mains et elle a déclaré :

– Je ne suis pas certaine d'avoir tout compris, mais sans tes talents je me demande comment cela se serait terminé. Bravo, Séraphine !

J'ai d'autant mieux dégusté le compliment qu'Apolline a ajouté, admirative :

– Tu as fait preuve d'un sacré sang-froid, je ne sais pas si j'en aurais été capable !

C'était bien la première fois qu'elle m'envoyait des fleurs, je l'ai remerciée d'un clin d'œil.

Quant à Philippine, elle s'est exclamée :

– Mélusine et toi, vous êtes trop cool !

Je l'ai embrassée et maman a repris d'un ton grave :

– Je ne voudrais pas gâcher nos retrouvailles, néanmoins il nous reste deux points importants à régler.

Elle avait raison.

Sourcils froncés, elle s'est tournée vers Coraline Lanestier.

– Certes, vous nous avez aidées, mais vous êtes à l'origine de cette bien vilaine histoire... Quelle garantie avons-nous que vous ne vous en prendrez pas de nouveau à l'une de vos semblables dans l'espoir d'une guérison miraculeuse ?

La tante de Théobald a fixé chacun d'entre nous.

– Je vous présente mes excuses, même si c'est bien peu de choses en comparaison du péril auquel je vous ai exposés, j'en suis consciente.

Elle a baissé la tête, avant de poursuivre d'une voix blanche :

– Je m'engage solennellement, devant vous, à assumer ma maladie et ses conséquences sans tenter d'y remédier. J'en ferai d'ailleurs le serment dès demain en me présentant de moi-même devant le Conseil des Fées, à qui je raconterai ce qui vient de se passer.

Elle nous a souri timidement, avant d'ajouter :

– J'espère, si vous m'en donnez l'opportunité, mériter un jour votre amitié.

– N'ayez crainte, Coraline, nous acceptons vos excuses, a répondu ma mère après un léger silence.

Elle a jeté un coup d'œil amusé à Apolline et Théobald, qui se tenaient par la main.

– Je suis sûre que nous aurons l'occasion de nous revoir. Notre porte, en tout cas, vous est grande ouverte.

Je n'étais pas étonnée. Nous, les fées, sommes indulgentes et recherchons la paix en toutes circonstances. Enfin, sauf quand il s'agit de choisir le plat ou le dessert chez les Gabestan !

Restait un souci de taille...

Charpentier.

Panda rêveur sous la pluie !

Nos regards ont convergé vers lui.

Toujours pétrifié, il nous faisait face, une expression d'effroi absolu sur le visage.

Mélusine, qui semblait s'être prise d'amitié pour lui, lui léchait délicatement le bout des doigts.

– Et si on le laissait comme ça, pour toute la vie ? a proposé Philippine, qui n'est pas encore au top en matière de clémence.

– Non, a murmuré Apolline, je pense qu'il faut l'enchanter, par trois fois... Pour qu'il oublie ses sombres projets, pour l'empêcher de nuire à jamais, et enfin pour le ranimer.

Mme Lanestier a posé ses mains sur mes épaules.

– Je crois qu'il serait bon que Séraphine s'en charge. Après tout, c'est grâce à elle si nous sommes sains et saufs, il serait normal que lui revienne l'honneur de mettre un point final à cette horrible affaire.

J'ai voulu crier « Non, pas question, je n'y arriverai jamais », mais les miens au grand complet, ainsi qu'Oscar et Théobald, ont acquiescé, enthousiastes.

Leur regard bienveillant m'a donné une telle force que j'ai hoché la tête avec conviction.

Je me suis levée, un peu fébrile, et j'ai tendu le bras, index et majeur en V, en direction du docteur Charpentier. J'ai inspiré à fond, j'ai fermé les paupières et j'ai prononcé :

– *L'existence des fées*
à jamais
tu oublieras !
Panda rêveur sous la pluie !

Ma concentration toujours au maximum, j'ai ajouté :

– *Douceur et bonté,*
toujours tu prodigueras !
Panda rêveur sous la pluie !

Et enfin :

– *Docteur, allez, debout,*
revenez parmi nous !
Panda rêveur sous la pluie !

Un profond silence a suivi mes derniers mots.

Le souffle suspendu, j'ai ouvert les yeux et attendu.

Hugo Charpentier ne bronchait pas.

Inquiète, je me suis tournée vers ma mère.

– Il a besoin de temps, c'est normal, a-t-elle précisé.

Moins d'une minute plus tard, le docteur a bougé les bras, puis les jambes, avant de reprendre conscience.

Il s'est redressé comme si de rien n'était, puis nous a dévisagés paisiblement.

– Je suis vraiment très heureux de vous accueillir pour vous exposer l'avancée des recherches que nous menons, madame Lanestier et moi. Mais peut-être avant cela préférez-vous prendre un café ou un chocolat pour les plus jeunes ?

Oscar m'a glissé à l'oreille :

– Bravo, 20 sur 20 !

Un sourire béat s'est s'affiché sur mon visage et j'ai lancé :

– Oui, un chocolat chaud s'il vous plaît !

Le docteur s'est tourné vers le distributeur de boissons, pendant que ma mère me chuchotait :

– Tu es géniale, ma fille !

Une demi-heure plus tard, nous avons dit au revoir à Coraline, Oscar et Théobald, nous promettant de nous revoir très vite, et nous sommes rentrées à la maison grâce à un voyage immobile.

Suivie de près par ma mère, je me suis précipitée vers la chambre de mes parents, j'ai ouvert la porte et j'ai cru que le sol s'effondrait sous mes pieds : mon père n'était pas là !

Fort heureusement, un cri strident de Philippine nous a rassurées :

– Vite, venez voir, papa dort dans la baignoire !

Ouf, mon enchantement l'avait (presque) ramené à bon port.

Épilogue

Attention, entendons-nous bien !

Depuis la fin heureuse de notre mésaventure, je ne suis pas devenue une fée exemplaire, loin de là.

Mes notes se sont améliorées, d'accord, mais j'appartiens toujours à la famille des fleurs lentes à s'épanouir, même si Mme Ombeline me donne depuis quelque temps, ainsi qu'à Oscar, des cours particuliers pleins de fantaisie qui font rimer plaisir et féerie.

Pour la plus grande satisfaction de mon père, je n'enchante qu'en cas de nécessité, donc rarement, et j'éprouve la même joie qu'avant à réaliser des origamis compliqués sans utiliser la magie.

J'ai d'ailleurs réussi sans mal le « Héron pêchant une truite arc-en-ciel », un niveau 7 !

Je l'ai offert à Apolline qui l'a posé bien en vue sur son étagère, à côté d'une photo de Théobald. Il a terminé son stage et il est reparti chez lui, dans le nord de la France, mais les voyages immobiles n'effraient pas ma sœur !

Coraline Lanestier, elle, a démissionné de Médica-Pharma.

Elle va travailler au cours privé Brocéliande, où elle enseignera l'histoire de la féerie à travers les siècles, sans avoir besoin de ses dons qui s'évanouissent peu à peu.

Quant à Oscar...

Lui et moi sommes devenus de grands amis et peut-être un peu plus.

Après notre retour à la maison, j'ai demandé discrètement à ma mère comment Oscar avait bien pu acquérir ses pouvoirs.

– Figure-toi, m'a-t-elle expliqué doucement, que lorsqu'une fée et un jeune homme tombent amoureux, il se passe un phénomène extraordinaire qui ne dure qu'un instant. Une partie des pouvoirs de la fée circule de l'un à l'autre, par magie. Le garçon peut s'en rendre compte, ou non, et accepter ou non les nouvelles possibilités qui lui sont offertes...

Sa réponse m'a laissée sans voix, les joues rouges et le cœur battant.

Oscar et moi, amoureux...

Oui, évidemment!

Résultat, on se voit souvent, très souvent même.

Il vient chez moi en vélo et nous disparaissons dans ma chambre.

On mange des bonbons, on câline Mélusine, on écoute de la musique, on échange des confidences, il se plaint des jumelles, je lui parle de mes sœurs, on discute de féerie, on se plonge dans les grimoires d'Apolline, on s'aide à progresser... On se sent bien ensemble.

Et à chaque fois qu'il est près de moi, je me concentre et je pense très fort :

– *Que rien ni personne*
jamais ne nous sépare!
Panda rêveur sous la pluie!

Donc tout va très bien... enfin presque.

Parce qu'à l'heure qu'il est, ma famille et moi affrontons une mer déchaînée, vêtus de gilets de sauvetage, accrochés au bastingage, le cœur au bord des lèvres, tandis que Philippine tient fièrement la barre, tout ça parce qu'elle a trouvé amusant de transformer notre appartement en voilier, le temps d'un enchantement!

L'AUTEURE

Agnès Laroche est née en 1965 à Paris, elle vit aujourd'hui à Angoulême.
Son principal trait de caractère : la distraction, son mari et ses trois enfants peuvent hélas en témoigner chaque jour ! Même quand elle est là, elle est ailleurs. Un ailleurs où fourmillent les rêves et les idées grâce auxquels elle invente des histoires pour les enfants, les adolescents ou leurs parents.
Elle est l'auteur de nombreuses fictions diffusées à la radio, de romans pour la jeunesse et de récits publiés en presse enfantine.
Son plus grand plaisir : faire en sorte que ses livres soient autant de petites maisons dans lesquelles les lecteurs se sentent chez eux, de la première à la dernière page.
Vous pouvez la retrouver sur son blog : agneslaroche.blogspot.com

L'ILLUSTRATRICE

Après une formation de quatre ans à l'école Émile-Cohl de Lyon, **Marie Avril** obtient son diplôme de dessinateur concepteur avec une spécialisation en illustration.
Depuis 2009, elle travaille pour différents médias : édition jeunesse, bande dessinée, presse, jeux vidéo et jeux de société...

DE LA MÊME AUTEURE,
DANS LA MÊME COLLECTION

DE LA MÊME AUTEURE,
DANS LA COLLECTION
HEURE NOIRE

Retrouvez la collection

RAGEOT Romans

sur le site www.rageot.fr

PAPIER À BASE DE FIBRES CERTIFIÉES

RAGEOT s'engage pour l'environnement en réduisant l'empreinte carbone de ses livres. Celle de cet exemplaire est de :
450 g éq. CO_2
Rendez-vous sur www.rageot-durable.fr

Achevé d'imprimer en France en juillet 2018
sur les presses de l'imprimerie Jouve, Mayenne
Dépôt légal : août 2018
N° d'édition : 7285 - 01
N° d'impression : 2758882F